中公文庫

新装版

フラッタ・リンツ・ライフ

Flutter into Life

森　博嗣

中央公論新社

フラッタ・リンツ・ライフ

Flutter into Life

森博嗣
MORI Hiroshi

美しさが見たいのなら。
生きていることを感じたいのなら。
その死以外に、美しい死はない。

革命の夜に涙を流し、
血の味を知る者だけが叫ぶ。
待っていろ、今にこの手に
貴様の首を摑んで見せると。

偽りで作られたものを
破壊し、耕し、
そして、幻の種を撒け。

なにも生まれない。
そう、なにもかも、
すべては幻想。

戦う者だけが、
少なくとも人間の幻想に
触れることができる。
それ以外のすべては、
大人という名の生きものが
腐った泥で作り上げた偶像だ。

お前は泥か?

確かめたいなら、戦え。
自分が何者か知りたいのなら、
死ぬまで戦え。

ひび割れて、朽ちるまえに。

contents
目次

Flutter into Life

Perhaps this is the most important thing for me to take back from beach-living: simply the memory that each cycle of the tide is valid; each cycle of the wave is valid; each cycle of a relationship is valid. And my shells? I can sweep them all into my pocket. They are only there to remind me that the sea recedes and returns eternally.

(GIFT FROM THE SEA ／ Anne Morrow Lindbergh)

フラッタ・リンツ・ライフ

ここの浜辺での生活から私が持って帰ることになった一番大事なものは何かと言えば、それは或いは、潮が満ち引きするそのどの段階も、波のどの段階も、そして人間的な関係のどの段階も、意味があるということの思い出かも知れない。私が集めた貝は、これはポケット一つに入れて持って行ける。貝は単に、海が引いてはまた戻って来るのを永遠に繰返しているのだということを私に思い出させるためだけのものなのである。

（海からの贈物／アン・モロウ・リンドバーグ）

prologue

プロローグ

フーコは薄暗い部屋で煙草《たばこ》を吸うのが好きだ、と言う。赤い火を光らせるのが綺麗だ、と言う。疲れたブラシみたいに掠《かす》れた彼女の声は、あの部屋の錆《さ》びついた薄暗さを吸い込《こ》んだせいかもしれない。僕は彼女の声が嫌いじゃない。

丸い笠のスタンドがキャビネットの上に大人しく立っていたけれど、一度もそれが灯《とも》ったところを見たことはなかった。コードが抜かれていたんじゃないだろうか。電球が発熱したら、きっと埃《ほこり》を焼いて焦《こ》げ臭い。ぶうんという低いギターの曲がいつもいつもかかっていた。ゆっくりとしたテンポの。いつまでもいつまでも続いて。呼吸のように、いつまでも。

フーコのベッドで横になって、僕は自分の呼吸の速度を気にしていたりする。天体観測みたいなつもりで暗い天井を見上げていたら、ときどきそこに雲が見えることもある。彼女が吐き出した煙かもしれない。風防のポリカーボネートには傷一つないのが素敵だ。触れると指先が冷やされて、少しだけ痛かったときがあったけれど、それでも冷たいキャノピィには、何故かしっかりと皮膚を押しつけたくなるものだ。絶対に避けられない誘惑というか。そういえば、透明なものってすべて、常に小さく震えているように思える。フーコの声は、何が擦《こす》れているのだろう。人間と人間も擦れ合って、そのうちにだんだん滑《なめ》らかになっていくのに。そう、潤滑《じゅんかつ》って意味だけれど。そうだ、そんな感じ。馬鹿馬鹿しいけれど、そんな感じ。

美しい曲線を雲の間に描く。

音もなく。力を抜いて。

翼は水蒸気をぶった切る。でも静かに。

纏《まと》いつく凍った塵《ちり》たちが、ちらちらと輝いて。

きっと瞬間で溶けて、蒸発して、消えていくように。

そう、沢山の命が、最後だけ、ほんの一瞬だけ、

光ってから散っていくみたいだった。

僕はそれを見た。何度も何度も見た。ああ、墜《お》ちていくよ。まだ生きているだろうけれど、地面に着いたときには死ぬんだ。上から眺めているのは、僕たちだけで。下で待っているのは海、それとも、樹海。否、砂漠でも良いな。空から眺めればわかることだけれど、人間がいるところなんて、本当に点のようなもの。あそこにちゃんと戻れるなんて奇跡だ。あそこに、ちゃんと生まれることよりも、きっと難しいだろう。

墜ちていく最後の短いフライトって、たぶん普通の人生みたいに素晴らしいにちがいな

い。何がって、きまっている、死ぬのがわかっていることがだよ。

視線を水平に戻す。すると、相変わらずパンみたいにのんきな雲が浮かんでいて、灰色の平たい下面がフライパンで焼かれたようだった。空気は高いところほど薄いくせに、どういうわけか空は高いほど色が濃い。

フーコが引っ張るシーツで、僕は瞬時に地上へ帰還。ああそうか、地面にいたんだ。墜ちていたんだ。ベッドが柔らかいのは、浮かんでいたからじゃなかったのか。女の躰《からだ》が柔らかいのも、浮かんでいたからじゃないのかな。そう、もともとはみんな女の中に浮かんでいたんだし。そういえばそうだ。ここへ墜ちてきたんだ。それとも、墜ちている途中なのか、今は。

「あ、起きてる?」フーコがこちらを向いた。

顔を近づけてくる。髪にジャムみたいな香水を染《し》み込《こ》ませているから、それがつんと来る。このまえ、自分の部屋を少し綺麗にしようと考えて、事務所から掃除機を借りてきた。床をそいつで擦ったんだけれど、コードがあちらこちらに引っかかって、もの凄くいらいらした。あれ、止まったな、と思うと、コードを引っ張ったせいでコンセントが抜けているのだ。ベッドの脚に食い込んだりして、引っ張ってもびくともしなくなる。どうして今、そんなことを思い出したのかというと、つまり、女っていうのは、あのコードみたいな存在じゃないかな。あちらこちら、必ず引っかかって、引っ張るほどびくともしなくなる。

本当にいらいらするけれど、でも、つながっていないと、たちまち止まってしまうんだ。

「ねえ、今度はいつ？」彼女がきいた。

「何が？」

「いつ、ここに来るのかってこと」

「わからないよ、そんなこと。今度、いつ飛べるかわからないし。いつ敵機と遭遇するか、わからないし」

「いつ、敵を墜とせるかも、わからない？」

「遭《あ》えば、たぶん墜とせると思うよ」

「自信家だよね」

「自信家じゃないことが証明されたときは、もう死んでいる。死んだらここへは来られないわけだから、言っておいて損はないと思うんだ」

「屁理屈屋《へりくつや》さんだし」

彼女が手を伸ばして僕の髪に触れる。会うと、彼女はいつも不機嫌で、ああ、こんな母親ってのが、どこにでもいるよな、と思うんだけれど、一緒にいるうちに、だんだん優しくなってくる。まあ、これくらい優しいと、姉さんくらいに思えなくもない。別れ際が一番優しいのは、きっと商売のためなんだとは思う。最後に優しさを際立たせるために、最初のうちはわざと突《つ》っ慳貪《けんどん》なのかも。計算していたら凄い。だけど、彼女ならそれくらいの計算はするだろうな。馬鹿ではないのは確か。

「お酒飲んでるでしょう？」僕は言った。

「ん？　私？　うーんと、だいぶまえだよ。お昼頃にちょっとだけだったかな」

「嘘だ。酒臭かった」

「お酒って、いい匂いしない？」

「しない。ガソリンの方がいい匂いだ」

「じゃあ、何？　私にガソリンを飲めっていうの？」目で笑いながら、フーコが口を尖らせる。「そんなのさ、煙草吸ったら、めっちゃ危ないじゃん」

「吸わなきゃいい」僕は言った。「どうせ煙草じゃないだろ？」

「吸ってないわよ、そんな」

「煙草の匂いじゃないよ」

「それはね、香水」

僕はベッドから立ち上がって、シャツを着た。床に足をつくと、人間だって思い出す。

「ねえ、今度はいつ？」背中でフーコの声。

黙っていた。その質問は二回めだ。同じ返答を繰り返すのは馬鹿らしい。同じターンを繰り返したら、すぐに回り込まれて撃たれてしまうだろう。

最後に帽子を被った。フーコはベッドに腰掛けていた。裸のままで。

「じゃあ、また」

「お願いだから、また来てね」毛羽《けば》だった毛布みたいな声でフーコが言った。

　部屋を出て、階段を下りる。吹き抜けの上でプロペラがいやいや回っていた。ロビィも煙っていたけれど、ここは少なくとも明るい。窓際に、目のつり上がった女が一人立っていて、長い煙草を片手に持っていた。僕をじろりと睨《にら》んだけれど、なにも言わない。文鳥の嘴《くちばし》みたいな爪だった。

　そのまま玄関から出て、冷たい空気の中を車まで歩いた。アスファルトは寒さのせいか、すっかりひび割れている。車のドアを開けるまえに、僕はタイヤを爪先《つまさき》で軽く蹴《け》った。空気圧を確かめたつもりだ。でも、こちら側だけ。セルが唸《うな》ってエンジンがかかる。アイドリングで暖機をしていたら、建物からフーコが走り出てきた。オーバを羽織っていたけれど、素足にスリッパだった。僕はサイドのウィンドウを下げる。車で唯一の便利な部品といえば、まちがいなくこのウィンドウだろう。

「ジンロウ、ああ、お願い……」フーコが白い両手を窓から差し入れた。生暖かい手が僕の頬に触れる。「また、会いにきてね。絶対。大好きだよ」

「来られたら、来るよ」僕は笑わずに言った。笑うのは失礼かと思ったからだ。

「死んじゃ駄目だよ」

「駄目ってことはないと思うけれど」

「ああ、ごめんね。怒った？　今度はさ、もう少し早く来てもらえない？　どっかへ出ようよ。ほら、なんか食べにいくとかさ」

「どうして？」

「どうしてって……、だって、楽しいじゃない」

「へえ……。わかった」僕は頷《うなず》く。「もう、いい？」

フーコは僕の顔を軽く引っ張った。自分も顔を窓から入れて、無理に唇を接触させた。手よりも、唇の方が冷たかった。その分、正直だってことかもしれない。

フーコが手を離す。僕はウィンドウを戻した。エンジンはもう少し暖まりたがっていたけれど、僕はギアを入れて、車をバックさせた。手を振っているフーコを横に見ながら、ステアリングを切った。

駐車場を出て、林の中を抜ける道へ出る。案の定、エンジンはぐずっている。まだ冷たすぎるせいだ。暖かくなりたがるのは、生きているものとエンジンだけ。どこへ行ってもそれは同じ。

道沿いに走る不思議。地面を擦りながら走る不思議。右にも左にも傾かない不思議。そんな落葉みたいに溜《た》まった不思議で、この地面というやつは覆われている。クリアなものは軽いから、結局は上がっていく。空が、この世の上澄みだ。フーコの部屋だって、ベッドも人間も底に沈んでいる。フーコが脱いだ靴下も床に落ちている。上がっていくものは、煙だけ。

そう、煙だ。

そして、雲。

流れているはずなのに止まって見える。いくら目を凝らして見ても、なかなか動かない。それなのに、ちょっと目を離した隙に形を変えている。

道を走っていても、僕はときどき空を見上げてしまう。自動車は上が見えにくいから、ついつい前屈みになっている。けっこう疲れる乗りものだってこと。

真っ直ぐの道だった。前方から大型バイクが近づいてくるのがわかった。ヘッドライトを点けている。距離が接近したとき、僕はアクセルから足を離した。

土岐野《トキノ》だ。ゴーグルの形でわかった。パッシングをしてから、僕はブレーキを踏む。バイクも急停止した。こんな真似ができるのは、お互いに目が良いってことかもしれない。彼は、今の基地の同僚で、僕と同室。パイロットにしては、躰が少々でかすぎる。コクピットで窮屈な思いをしているにちがいない。

行き過ぎたところで、エンジンを吹かして、土岐野がUターンしてきた。フーコのために開けた同じウィンドウを、彼女のときよりも速く下げた。

「どうだい？」車の横まで来て、ゴーグルを上げてから土岐野が言った。

「何が？」僕は大声できき返す。彼のバイクのエンジンが煩《うるさ》いからだ。

「いや、べつになんでもない」彼は手袋で袖口を探った。時計を見たようだ。「そんなに急いで帰らんでも……。あ、どこか、ほかへ寄っていくつもりか？」

「いや」僕は嘘をついた。

「聞いて悪かった、しかし、停めたのは、そっちだからな」

「挨拶しただけだ」

「挨拶？　なんで？　毎日同じ部屋にいる」

「うん」僕は苦笑して頷く。「忘れてた」

「おはようだって、言われたことはないぞ」

「そうかな」

土岐野は白い歯を見せて笑い、指を一本だけ頭の横につけた。たぶん、いかれているな、という意味だろう。

「じゃあな」彼が黒い手袋の片手を上げる。「フーコか？」

僕は無言で頷いた。

「俺は、あの子は苦手だ」そう言うと口を斜めにして、手首を捻《ひね》る。エンジンをぼんぼんと二度唸らせてから、彼は前に出た。そこでまた、回転する後輪を滑らせてターンしてから、後方へ加速していった。

僕も車をスタートさせた。道の前後には一台も車は見えない。良い場所ですれ違ったな、と少しだけ思った。だけど、どうしてそんなことを思ったのか、不思議でもある。べつに隠さなくても良いし、誰も知りたくもないだろう。

二キロほど走ったところで、交差点を左へ逸《そ》れた。基地へ帰るならば、真っ直ぐ。つまりこれが寄り道。

綺麗に直立した樹々の間から、長細い屋根が並んでいるのが見える。茶色の落葉が道以外の地面をすっかり覆っていた。真っ直ぐに下っていくと、白い柵の左手にさらに斜めに下りていく短い坂道があって、鳥を飼うための低い建物と、その向こうに広がる草原。舗装されていない道を、石が積まれた低い塀沿いに進む。右手にボリュームのある樹が幾つかあって、小さな家がそれらの下に隠れている。剝げかけたペンキは、もともとは水色だったのだろうか。窓枠はきっとクリーム色だったにちがいない。車を手前で駐《と》めて、残りの数十メートルを歩くことにしている。もっと近くまで行けるけれど、エンジンの音や、排気ガスで、彼女がびっくりしないように、僕は気を遣《つか》っているつもりだ。それくらいのことしか僕にはできないから。

それでも、必ず彼女は気がついて、僕が到着するよりも早く、玄関の扉が開く。たぶん、否、きっと、僕はそれを期待しているのだ。だから、最後をわざとゆっくりと歩く。落ち着いて。そう、落ち着いて、と言い聞かせながら。

ドアが開いて、彼女の笑顔が現れた。

「あ、クリタさん。いらっしゃい」音が鳴る木製のステップを彼女は下りてくる。いつも茶色のブーツを履いている。白い紐《ひも》が交差しているやつ。

「こんにちは」僕は立ち止まって、お辞儀をする。お辞儀をちゃんとしても、変な気持ちがしないようになったのは、彼女のおかげかもしれない。「近くへ来たものですから」

「寒いから、さあ、中へどうぞ」

「どうもありがとう」

いつも同じ言葉を交わす。まったく同じだ。だけど、同じものでも良いものはあるな、とこの頃になってわかった。冬が来れば落葉はいつも同じように落ちる。太陽だって、相変わらず同じことしかしていない。

角の丸いテーブルの椅子に腰掛けた。パッチワークのクロス。窓には柔らかそうなレース。飾られた花。壁には額入りの写真。その笑顔。いつもと同じ順番で僕はそれらを眺めていく。

キッチンで彼女はお茶を淹《い》れている。微《かす》かな音がときどき聞こえた。耳を澄ませている僕。ここはとても静かだ。空だって、きっと静かなんだろうけれど、飛行機のエンジン音や翼が空気を切る音が止むことはないから、それを確かめたことはない。

彼女の部屋は、特に変わりはないようだった。ストーブの周辺で、ほんの少しだけものの配置が変わっている程度。窓の近くの椅子に赤と緑のチェックの膝掛けがのっていた。

彼女がそこに座っていたのだろう。サイドテーブルに本が置かれている。何の本だろうか。表紙は外の光を具合良く反射して読めなかった。立ち上がって確かめようと思ったけれど、思いとどまった。どうして立ち入る権利が僕にあるだろう。ここに座って、彼女が淹れたお茶を待つことでさえ、既に充分すぎるほど立ち入っているというのに。

　スイッチみたいに決意をしてから、もう一度壁を見た。そこにある写真に焦点を合わせる。笑顔の青年の顔だった。どうしてもそこを見てしまう。僕が知っている彼よりも幾分若い感じだ。僕と一度だけ一緒に飛んで、そして運悪くそのときに墜ちていった男だ。ときどき名前が思い出せなくなるのだけれど、ときどき顔が思い描けなくなるのだけれど、彼の機体から噴《ふ》き出した煙の色は鮮明に覚えている。

彼女のお茶を飲んだ。

彼女の笑顔を盗み見ながら。

彼女の前では一度も壁を見なかった。見ないようにした。窓の方へ視線を向けて、彼女が話すときも、できるだけ我慢をして、風景に興味がある振りをした。たぶん十分の一くらいにセーブして、弾を節約するみたいに、彼女の瞳を見た。でも、彼女のほかの部分を見ることは我慢した。髪や、唇や、首や、肩や、白い手を、白い指を。

「変わったことはありませんか？」彼女がきいた。

「僕ですか？　いいえ、全然」

「トキノさんは、お元気ですか？」

「ええ」

「このあいだ、クサナギさんが、いらっしゃいましたわ」

「え、ここへ？」それには僕も驚いた。

草薙水素《クサナギスイト》は、僕の上司だ。現在いる基地の小隊長でもある。どうしてその彼女がここへ来たのか、と僕は考えた。もしかして僕がここへ来ることを知っているのだろうか。規則に反していることかもしれない。そんな気もしてきた。

「どうして、クサナギ大尉が？」僕は尋ねた。

「さあ……、どうしてかしら」彼女はくすっと笑うのだ。カップをテーブルに戻してから、僕をじっと見る。「でも、あなただって、どうしてここへ来て下さるのか……」微笑んだまま、彼女は首をふった。そして気がつくと、笑顔はいつの間にか泣きそうな、泣くのを我慢している顔に変わっている。目も口も、全然動いていないのに。

「あの……」僕は、釈明しようと言葉を探した。

「いえ、違うんです」彼女がさきに言った。「来てもらえるのは、その、とても嬉しいの」下を向いたままだった。「本当に、それは本当です」

それは良かった、と僕は正直に感じた。嫌がられているかもしれない、とは考えていた。否、きっと煩《わずら》わしいと思っているにちがいない、と……。ただ、言葉というのは、いつもこんなふうに、綺麗に飾って現れるものなんだ。人の心の中を見せているわけではけっしてない。ただ、そんな飾られた言葉でさえも、あるいはまるで嘘であっても、飾られているということが嬉しい、嘘で守ってくれたことが嬉しい、と感じられるときがある。たとえば、花嫁が着るウェディングドレスだって同じじゃないか。

お茶がもう冷たくなっていた。それを全部飲んだところで、僕は立ち上がりながら言う。

「じゃあ、もう、そろそろ」

彼女は少し寂しそうな顔を見せる。これもいつもと同じ。僕は、その彼女の口から言葉が出てくるのを数秒間待つ。でも、いつもなにも出てこない。

ドアを出て、ステップを下りたところで振り向き、お辞儀をする。なんて素直なお辞儀だろう。

「また、いつでも、いらして下さいね」彼女は言う。

同じだ。もう何回めだろうか。

下を向いて、僕は地面の上を車まで歩く。冷たい金属のドアを引き開けて、もう一度、彼女を見る。思ったとおり、手を振っている。なにもかも同じだ。季節のように繰り返しているのだ、二人とも。

最初は、そう、花を買ってきたりしたこともあったっけ。でも、そういうことはやめてくれと言われてから、素直にやめた。電話をかけたことは一度もない。手紙を書いたことももちろんない。これからも、ずっとこのままなのだろうか。

そうではない。彼女は年をとる。

そして、僕はといえば、きっといつかそのうち墜ちるだろう。

だから、

いつまでもこれが続くことなんてありえない。

それはわかっている。お互いにわかっているはずだ。だからこそ、繰り返すことができる今を、もっと喜べってことだろうか。神様が言いそうな台詞だな。それも、やっぱり違う気がする。

いろいろなものが違う気がする。

僕自身、違う気がする。

基地まで戻る間は、もう別のことを考えていた。今度の出撃がいつか、と予想した。新しいピッチ・コントローラが気になっていたし、新型のガバナやそれに付随する部品のこと、冬場で入れ替えたプラグとオイルのことも思い浮かんだ。

地上は寒いな、と思う。でも、空はもっともっと寒い。ただ不思議なことに、寒さを感じない。感じられなくなるのかもしれない。感じられなくなったのかもしれない。

人間のことも、自分の人生のことも、社会のことも、空では考えなくなる。考えられなくなる。そういうのが、空の作用ってやつだろうか。

基地に近づくにつれて、だんだん世の中に無関心になっていくのも、やっぱりここが僕にとっての空への入口だからにちがいない。

敷地内の駐車場へ車を入れて、宿舎まで歩いていくと、事務棟の前に草薙水素が立っていた。腕組みをして、難しい顔でこちらを睨んでいる。僕は軽く敬礼をして、彼女の横を通ろうとした。

「トキノと会った？」草薙がきいてきた。

「あ、はい。途中ですれ違いました」僕は応える。

「そう」顎《あご》を上げて、僕を見据《みす》えた。「寄り道をした？」

「え、僕ですか？」

珍しく少し頭を働かせた。つまり、土岐野が基地を出ていった時刻を草薙は知っているのだ。僕や土岐野がどこへ行くのかも知っている。道ですれ違ったのならば、時間の計算が合わない。つまり、僕がそのあとでどこかに寄り道をした、という結果が導かれる、というわけだ。

「ええ」僕は微笑んだかもしれない。そんな気がする。「あそこへ……。あ、そうだ、草薙さんも、行かれたそうですね」

「なるほど」彼女は小さく口を開ける。「しかし、女と寝たあとに行けるという神経には感心する」

「そういえばそうですね」考えたこともない指摘だったので、僕は思わず吹き出した。

「よく、そんなことを思いつきますね」

「思わない方がどうかしている」

「そうですか……、まあ、いいですけど。でもどうして、クサナギさん、彼女のところへ行かれたんです？」

「その質問の意味は？」

「え？」

「では、クリタは何故行く？」

「いや……」

「男ならばわかるが、女が行くのは変だ、と考えたのか？」

「ああ、そうかなぁ……、いえ、そんなことはありません」

「墜ちた奴のお祖母《ばぁ》さんだったら、行くか？」

「うーん、どうかな。想像したことも……」

「ほら、結局はそうなんだ」

「いえ、返事は保留です」僕は首をふった。「よくわかりません」

「つまらないことをきいて、すまなかった」草薙が目を遠くへ向けながら言う。彼女が話すときの癖だ。「ジョークだと思ってほしい」

それは、たしかに、そう思えたら幸せだろう、と僕は思った。

「あぁ、だけど、ご免だね」彼女が溜息をつく。

「何がですか？」

「うん、なんていうか……。まあいいや。でも、もし自分が墜ちて死んだら、誰も、私の家とかに来てほしくないよ」

「行きませんから、ご安心下さい」

「ありがとう」草薙は口もとを少し緩《ゆる》めた。

僕は宿舎の階段を上がって、鍵のかかっていない部屋に入った。冷蔵庫に入っていたみたいな部屋だ。ベッドは二段で、僕は下。土岐野が上を使っている。ちょっとだけ昼寝をするか、と思った。単に毛布の中に入りたい、という欲求かもしれない。冷たい毛布が、少しずつ暖かくなるのが好きだ。

のんびりとした良い日だったな。

でも、できれば、明日は飛びたい。

episode 1: outside loop

But woman refinds in a limited form with each new child, something resembling, at least in its absorption, the early pure relationship. In the sheltered simplicity of the first days after a baby is born, one sees again the magical closed circle, the miraculous sense of two people existing only for each other, the tranquil sky reflected on the face of the mother nursing her child.

第1話 アウトサイドループ

しかし女は子供が新たに一人生れる毎《ごと》に、少なくとも他のことを何も考えずにいられるという意味では、初めのうちの純粋な関係に幾らか似た気持を取戻すことができて、子供が生れてからの何日かの安静を旨《むね》とする生活では、子供を抱いている母親の額には青空が映り、二人のものがただお互いのためにだけ生きているという、魔法の輪に閉ざされているような感じが甦《よみがえ》る。

I

土岐野《トキノ》と組んでから、僕は調子がわりと良い。お互いに相性が良いということなのかもしれない。ただし、僕と彼の飛び方はまるで違っている。土岐野は大胆で直線的に飛ぼうとする。僕は滅多《めった》に舵《かじ》をニュートラルにしない。結局は、多角形か曲線かといった違いなのかもしれないけれど、でも、飛行機の消耗は全然違うだろう。お互いに、自分の方が合理的だと信じていて、そのことについて議論したことは一度だってない。ただ、「かくかくしてるね、今日も」と僕が言うと、「どうしてお前はぐにゃっぐにゃなんだ？」と彼が言い返す。上下でいえば、彼は下から回り込むのが好きだし、僕はたいてい上へ回る。背面飛行が好きか嫌いかの違いだろうか。その点については土岐野と話し合ったことが一度だけある。最後に彼が言ったのは、「もしかして、高跳びのときも背面跳びか？」だった。残念ながら、走り高跳びなんかしたことがないから、笑っている彼に言葉が返せなかった。

実は、背面飛行が好きだなんて意識したことすらなかったのだ。なにしろ、自分では逆さまになっている意識がない。空にいるときは、どちらが上でどちらが下なのか、ときどき忘れてしまう。地面も宇宙も同じくらい遠いのだ。ああ、微かにこちらへ引っ張られているかな、という感覚がとぎれとぎれにある程度。それよりも、周りの空気が上がりたがっているように感じる。高度計がなければ、きっと地面が目の前に来るまでわからないだろう。

土岐野に言われて初めて、自分の飛び方がそうなのか、と認識しただけだ。逆にいえば、その意味でも、土岐野という人間は興味深い。彼からは学ぶことが多々あった。他人から学ぶことができると僕が最初に実感したのは、草薙水素《クサナギスイト》だったけれど、しかし今は、土岐野の方が自分に近いと思える。手が届くところにあって、だからこそ利用できる、という意味だ。草薙水素は遠すぎる。

土岐野と二人で飛んでいるとき、単機飛行している敵の爆撃機に遭遇した。護衛機がいない。おそらくは、沢山飛んでいたうちの生き残りだったのだろう。僕たちは偵察任務だったけれど、これは攻撃するのが順当な判断だ。土岐野に近づいて、合図を待った。彼のゴーサインを確認してから、僕は上昇、彼が下へ回り込んだ。

六発の大型無尾翼機で、馬鹿でかいブーメランみたいな形をしている。僕らが、クロアサンと呼んでいるやつだ。なかなか手強《てごわ》い。主翼の両端に、かなり動きの速い回転銃座を備えているからだ。けれど、戦闘機が二機でかかれば墜とせるだろう、と僕は考えた。特に、僕と土岐野ならば大丈夫だと。

最初に後方上六十度ほどから接近したとき、かなり的確な射撃をしてくることがわかった。近づくのがけっこう危険だと認識した。両翼から後方の一点へ撃ってくるのだ。少なくとも半分にしてもらいたい。それには、土岐野とタイミングを合わせて同時に狙うしかない。そう考えていたら、土岐野から無線連絡が入った。交信は非常時を意味している。

「デッドアイ、聞こえるか？」

「ああ、同時に上下から突っ込もう」

「違う、撤退だ」

「え？」

「下から一機来る。とりあえず上昇しろ。俺も上がる」

僕は瞬時に機体を翻《ひるがえ》し、下を眺めながら上がった。後方だろうか。数秒後に、視界に入った。単発の小型機だった。

土岐野機が上がってくる。僕も背面のままさらに上昇。一機だけならば、とりあえず、そいつを二人で墜とせば良い。増槽《ぞうそう》は捨てたところだったけれど、燃料は充分だ。そう考えた。だけど、リーダは土岐野なので、もちろん勝手な真似はできない。高いところをそのまましばらく飛んだ。

ずっと後方を気にしていたものの、僕らを追ってくるものは見えなかった。

基地に戻ってから、飛行機を格納庫の手前までつけ、僕は事務棟の方へ向かって急いだ。

整備士たちには、片手を上げただけだ。

草薙のオフィスのドアは開いていて、既に土岐野がソファに座っているのが見えた。

「失礼します」僕は敬礼をしてから部屋に入った。

「あれ？　来なくていいよ」土岐野が普通の表情で言った。特に突《つ》っ慳貪《けんどん》な感じではなかったけれど、僕は一瞬立ち止まってしまった。

「いや、良い。掛けて」窓際に立っていた草薙が言った。煙草を片手に持っている。比較的機嫌の良さそうな表情だった。

土岐野の言葉は規則に沿ったものなのだ。偵察任務のときには、報告はリーダ一人だけで良い。しかし、敵と交戦をしたときは、全員に報告義務がある。つまり、土岐野にとっては、今日の飛行は交戦ではない、という意味なのだろう。こちらは一発も撃っていない。しかし、敵機は僕に機銃を向けて射撃した。土岐野がそれを見ていなかった可能性はある。もしかして見えない角度だっただろうか。それとも、報告書の作成が面倒だから、なにもなかったことで済ませるつもりかもしれない。そんなことを考えて、僕は、とにかく黙っていよう、自分からは話さないようにしよう、と決心して彼の隣に座った。

「クリタは、敵機を見た？」草薙が尋ねた。

「えっと……」僕は隣の土岐野の顔を窺《うかが》う。

「戦闘機の方だ」小声で彼が教えてくれる。

「ええ、はい、見ました。でも、ずいぶん下にいたから」

「何だと思った？」

「さあ、わかりません。単発のトラクタだというくらいしか」

「俺の方が半分は近かった」土岐野が言った。

「そう、わかった」草薙が頷く。まだデスクの横にいる。腕組みをしたまま。

　やっぱり話した方が良いか、と急に思えてきた。

「あの、クロアサンの両翼とも、自分に向けて撃ってきました」ここに座った以上、少しくらいは報告をしなくては、と考えたのかもしれない。

「それは、もう話した」土岐野が言った。彼は短い溜息をついた。「あのあと、クロアサンはどこへ行ったんでしょう。なにか報告はなかったですか？」

「全然」草薙は首を横にふる。でも、なんとなく顔が笑っているように見えた。

　僕は、ようやく彼女の様子がいつもと違うことに気がついた。どうしてなのかわからない。目も眉もいつもの形、唇も同じだ。ただ、頬に少しだけ赤みがさしているように見えた。部屋は暖房が効いていたけれど、そんなに暑いというわけでもない。ジョギングでもしてきたばかりなのだろうか。滑走路の端を走っている草薙の姿をよく見かけるからだ。

「わかった、もう良い」草薙はまた少し笑ったようだ。笑おうとした。否、笑おうとするのを堪《こら》えたのかもしれない。どちらにしても珍しいことだ。

土岐野が立ち上がったので、僕も立ち上がる。敬礼をしてから、二人で部屋を出た。結局、僕がソファに座っていたのは、三十秒くらいだっただろう。

階段を下りてから、土岐野は食堂へ行く。僕もそれに従った。テーブルの席に着くまえに、彼は調理場へビールをもらいに入った。僕はアルコールは飲まない。代わりに、アルミの灰皿でできるだけ綺麗なやつを探した。食堂には誰もいなかった。まだ夕食には早い時刻。

煙草に火をつけて待っていたら、土岐野がビールとグラスを両手に持ってきた。僕の前に彼は座った。

「なんで逃げたのか、とききたいだろう？」土岐野は言った。

ビールの瓶を傾けてグラスに注ぎ入れる。僕はそれを黙って見ていた。その質問をしたいと思ったのは、空にいたときのことだ。地上に戻ってしまった今は、そんな疑問は消えたといっても良いくらいだった。

「ボンネットに猫のマークがあった」ビールに口をつけてから、彼は言った。

「は？」

「上がってきた奴だよ。理由は聞いてないが、とにかく、そいつを見かけたら、できれば戦うな、と命令されていた」

「誰に？」

「クサナギ氏だよ」親指を立てて、彼は二階の方向を示した。「ほかに誰が俺に命令する?」

「へえ、文書で?」

「いや、口頭で」

「内緒の指示ってことかな」

「ああ、胸に秘めておけよ」土岐野は囁《ささや》くように言う。真面目な表情だった。「俺のほかにも、同じ命令を受けている奴がいるかもしれんが」

チームのリーダには話してある、ということか。

「どうしてかな。もしかして、クサナギ氏の知り合いとか?」

「馬鹿、そんなんだったら、即刻首が飛ぶだろうが。こんなところで、お前に話せると思うか?」

「わからない、じゃあ、どうして?」

「まあ、そりゃあ、あるとしたら、あれだな、危険だからだろうよ」

「あぁ……」僕は口を開けて頷いた。そういうことか。あいつがとんでもなく強いということか。「過去に、誰かやられているんだ」

「さあな」グラスを空けて、土岐野は息を吐いた。それから、身を乗り出して、僕に顔を近づけた。「いいか、誰にも言うなよ」

僕は小さく頷きながら、耳を貸す。

「ようするに、自分でやりたいんだよ」

「え？　どういうこと？」

「見てろ、近いうちに、クサナギ氏が飛ぶことになるから」

すぐには意味がわからなかった。けれど、考えているうちに、草薙が自分でその相手と交戦したい、ということを土岐野は言いたかったのだと理解した。まあ、ありえない話ではない。一度やられた相手だとか、それとも、僚機《りょうき》をそいつに墜とされたとか……。けれど、復讐なんて感情が、僕たちの仕事に紛れ込むことはまずありえない。風邪のウィルスみたいに、それは普通じゃない行動だ。特に、あの冷静な草薙水素が、そんな真似をするかな、というのが僕の印象だった。

「どうして、トキノはそれを知ってるんだ？」僕はきいた。

ボトルの中身を全部グラスに注ぎ込んだ彼が、目だけを上げて僕を見据え、急に歯を見せてにやりと笑った。

「よくわからん」彼は首をふった。「どういうわけか、みんな、俺に話したがる。俺が聞きたがらないせいだろうな」

「誰から聞いた？」

「それは言えん」彼は表情を戻す。「気にするな」

草薙が自分で言うわけはない。特に、部下に話すことではない。だとしたら、基地の誰が知っている？　僕は考えを巡らせる。この基地の中にいる人物で可能性があるとすれば、それは整備士の笹倉《ササクラ》くらいだ、と思えた。

2

夕食のあと、格納庫へ行った。僕の機体がある格納庫ではない。整備士の笹倉がいるところだ。ここだけが、ほかよりも一回り大きい。大型の工作機器が設置されたちょっとした工場が裏手に付属しているからだ。笹倉は、その工場の主のような男で、現にそこから地下へ下りたピットで生活しているらしい。よくもそんな油臭いところで寝られるものだと思う。

格納庫はシャッタが下りていたが、照明が点っているのがドア下の僅かな隙間からわかった。そのアルミのドアを開けて中に入る。散香《サンカ》が二機、手前に収まっていて、機体がライトアップされていた。胴体の下で整備工が一人で作業をしている。機銃周りのようだった。

「笹倉さんは？」僕は近づいていって尋ねた。「いる？」

「奥に」モンキィレンチを持った手を、彼はそちらの方向へ振った。

「これって、クサナギ氏のじゃない？」僕がきいたのは、飛行機のこと。ナンバがどうしても覚えられないのが、僕の特性だからだ。

「ええ」

「何を診《み》ているの？」膝を折り、もう一度翼下を眺めながらきいた。

「機銃を交換したんですよ」整備工はこちらを向いて溜息をつく。「新しいのが来たんで」

「へえ。聞いてないなあ。新型？」

「いえ、単に新しいだけです。単に交換部品です」

「故障とか？」

「いえ、べつに故障なんかしていませんけどね。新しい方が一・五キロ軽くなってるんです」

「どうして？」

「さあ、チタンでも使ったんですかね」

「ふうん。でも、たった一・五キロじゃあなぁ」

「ええ、改良とはいえないですね。性能は同じだし、カタログ・データも変わっていません」

「それでも、取り替えろって？」

「ええ」整備工は苦笑いを浮かべて頷いた。「まあ、クサナギさんですからね」

「うん、一・五キロくらい、ダイエットしろって、言い返せなかったわけだ」

「言えるわけないじゃないですか」

僕は立ち上がり、天井を見上げた。ちょうど真上にクレーンがあって、フックが垂れ下がっていた。格納庫の天井を見上げると、子供のときに一度だけ観たサーカスを思い出す。でも、ここにはブランコはない。キャットウォークの手摺に、ゴム動力の模型飛行機が引っかかっていた。誰かが、ここで飛ばしたのだろう。

工作室の手前の小さな控え室に笹倉はいた。コンロに鍋をのせて火を調節しているところだった。

「何を作ってるんです？」僕は戸口で尋ねた。

「コーヒー。残念だけど、自分の分しかないよ」笹倉が振り返って答えた。「珍しいな。用事は？」

「今、良いですか？」一歩だけ部屋の中に僕は入った。

「何をするのに？」笹倉は背中を向けたままきき返した。

「いえ、べつに大したことじゃありませんけど。えっと、ああ、そうそう、クサナギさんの散香《サンカ》、機銃を取り替えていましたね」

「うん。それが？」

「いえ……、明日、飛ぶのかな」

「さあね」笹倉はまだあっちを向いたままだ。

「今日、トキノさんと飛んでいて、猫のマークの戦闘機に遭いました。それで、いきなり撤退してきたんです」

　笹倉はなにも言わずに、こちらを振り返った。じっと、数秒間、僕を睨《にら》みつける。

「それだけなんですけど」僕は言葉をつけ加える。草薙が、どうしてあんな楽しそうな顔をしていたのか、という質問をしたかったのだが、どういうふうにきけば良いのか難しかった。それに、僕の勝手な思い込みにも思えたので、状況を言葉にすること自体が恥ずかしかった。

「そうか」笹倉は、小さく頷くと、また背中を向けて、コーヒー作りに戻った。「もういい加減、引退したらいいのにな」

「え、何がです？」

「なんでもない」

引退？　草薙のことだろうか。彼女は、ここの指揮官になっても、ときどき戦闘機に乗っている。自分で自分に出撃命令を出していることになる。ひと頃に比べれば、出撃回数は半分以下になっているだろう。しかし、引退するなんてことは、彼女の場合、たぶん問題外の選択にちがいない。現実問題として、力が衰《おとろ》えているなんてこともありえないのだし。

聞いた話によれば、草薙水素を飛ばせたくない、というのが本社の意向らしい。これは、僕でも想像がつく。消耗を恐れている。広告塔としての価値を、草薙水素に見出しているためだ。しかし、僕らから見れば、まったく馬鹿げているし、もちろん、草薙自身も、そんなことは少しも考えていないはずだ。

消耗すなわち死ぬことが、組織にどう影響しようが、それは本人には無関係だ。僕らは死を恐れてはいない。むしろ憧れているという方が近いだろう。パイロットの思考には、そもそもその基本があるから、飛ばない者たちとは、絶対に相《あい》容《い》れない価値観が存在する。僕たちの目から見れば、会社や、社会や、国家や、現代のすべては、もう遠い過去の歴史みたいに退屈なドラマでしかない。それらはほとんど動かない、流れない、どろっとした粘土みたいな、泥みたいな、溜まって腐っていく、無へと還っていくだけの意味にしか感じられない。それに比べれば、飛行機が墜ちて死ぬことは、少なくとも輝かしい。それがあるからこそ、飛んでいられるというのに。

ああ、しかし、こんなことを考えることさえ、腐っている感じがする。片足は地上にいる証拠かもしれない。

笹倉がコーヒーを飲み始めたので、退散してきた。僕は部屋に戻って、雑誌を読むことにした。土岐野はいなかった。

3

翌日の早朝まだ暗いうちに、出撃の命令が出た。でも、食事をする暇はあった。明るくなってから、三機の散香が飛び立つ。草薙と土岐野と僕だ。

草薙が飛ぶ場合には、いつも僕が護衛につく。そういう役目だった。しかし、爆撃機ではない。もしもファイトとなれば、もう戦闘機の護衛なんてできるものではない。彼女の機体についていくことさえ無理だろう。いないよりは、いる方がまし、くらいの存在と考えれば良い。地上の連中が何をどう期待しているのか、僕には理解できない。たとえば、草薙が攻撃されそうになったら、間に入って盾となり、敵の弾を受けろ、というのだろうか。そんな神業《かみわざ》ができる奴がいたら、間違いなく草薙以上のエースになっているだろう。是非ともお目にかかりたいものだ。

草薙水素とは、もうけっこう長い。一年以上彼女と飛んでいる。草薙の飛行は、ひと言で形容すれば、風で飛ばされた葉っぱだ。そこだけ風が吹いているみたいに軽く舞う。眺めていると見とれてしまうほどだ。草薙から僕が学んだことは、一時も止まるな、ということだと思う。落ち着くな。冷静になるな。息をつく暇があったら、次の舵《かじ》を打て、ということだろう。少しは身についたかもしれない。けれど、さらに肝心なことは、そんな落ち着かない、くしゃくしゃの状況の中で、相手を確実に捉《とら》えていること。その執着が凄まじい。

　仲間内でクサナギ・サーカスと呼ばれている飛び方がある。失速を利用した急転回とターンの組合せで、失速に加えて連射による反動で後方落下したのちトルク・コントロールのみで即座に体勢を立て直す。傍《はた》から見ていると、なにかのトラブルだと勘違いするだろう。僕は一度だけ、それを見たことがある。だから、実際を知っているのだ。草薙が他人にそれを詳細に説明することはない。僕は自分で試したことがあるけれど、全然うまくいかなかった。なにか足りないものがあるのだと思う。うまくいかない場合には、とても危険なので、実戦では試したくない。おそらく、あらかじめ機体の重量バランスを崩しておく必要があるだろう。たとえば、後ろをやや重くしておくとか。そのターンのためだけにだ。もし、草薙が引退するようなことがあるなら、その技法についてだけは絶対にきいてみたい。

　雲が晴れてきた。海の上にいるが、海岸は近い。高度はそれほど高くなかった。爆撃機が相手ではなさそうだ。海上には、船らしいものも見えない。しかし、敵機は船から上がってくる。空母の情報が入った。だからその針路の先を、牽制《けんせい》か、あるいは偵察の目的で飛んでいるのだと思う。草薙が飛ぶときには、土岐野も目的を知らない。

　しばらく同じ方向へ飛んだが、なにもなかった。進路変更があって、草薙機に続いて陸の方へ向かった。もうこのまま帰るのだろうか、と僕は考えた。

雲がまた少しだけ集まってきた。かなり遠くに山々も見える。草薙の右後ろに土岐野、僕はさらに左後ろの上にいた。

突然、草薙が上昇を始める。僕もエレベータを引いて、スロットルを押し上げた。通常ではない急上昇だった。後方を何度も振り返った。しかし、なにも見えない。土岐野機もゆっくりとロールをして下を確かめているようだ。

まだ上がる。無線連絡もない。上がるのは、敵機が近いということだろう。草薙機に緊急の信号が入ったのか。今の高度からして、敵は上ではない、下だ。

ようやく草薙が水平に戻す。僕も水平に入り、同時に背面になった。地上方向を見上げるようにして見る。薄い雲しかない。

けれど、その雲から、点のようなものが一つ。そして二つ。

しばらくして三つになった。四つにならないでくれ、と願う。

僕はゆっくりと深呼吸。増槽《ぞうそう》を落とす準備をする。

メータのチェック。燃料、油圧、油温、高度。

機銃の安全装置を解除。ベルトを少し締め直す。

ゴーグルの中の空気も入れ換える。

敵も三機だった。上がってくる。どんどん近づいてくる。

こちらを目指してやってきたことは明らかだ。

「双発《そうはつ》だ」草薙の声が聞こえた。無線を我慢する必要がなくなったわけだ。「上昇が速いから気をつけろ」

「増槽をぶつけてやれ」土岐野が言った。それは無理な話だ。

土岐野が増槽を捨てた。僕も正立に戻してから、増槽を切り離す。機体が反動で少し浮き上がった。草薙は僕よりも上にいて、主翼を立てていた。それから、ゆっくりと背面に入れて、そのまま斜めに降下していく。増槽は持ったままだった。翼端が空気を切って、白い筋が見えた。太陽がキャノピィにとぎれとぎれに反射する。それだけ左右に角度を変えているからだ。土岐野が反対へ傾いていくのを確かめたあと、僕は草薙のあとに続いて機首を下げた。

敵機も散った。三機とも後ろで二つのプロペラを回している。半年ほどまえから見かけるようになった新型機だ。速度と上昇力がずば抜けている。しかし、転回性は犠牲になっているはず。

草薙機が背面のまま、相手を誘うように水平に伸びていく。下からの一機がそちらへ進路を変える。

僕は、真っ直ぐに来る一機に照準を絞る。

もう一機は、後方で上昇を続けている。そちらのコースを見届けながら、フラップをじわじわと下げ、スロットルを絞り、相手に気づかせないように減速する。

僕の前方を上へ通り過ぎた。撃つにはやや遠い。

エルロンで斜めに倒して、エレベータを僅かに引く。

上がったところで、相手はインメルマン・ターンに入った。こちらへ突っ込んでくる気だ。範囲を見極めて、僕は一旦機首を上げる。上へ行くと見せかけるためだ。

ダイブに入った敵機が、微妙に機首を持ち上げる。

僕は、スロットルを切った。

エレベータを引く。

エルロンを左右に。スポイラの代わり。

ブレーキをかけて、失速する。

相手が気づいて、下を向く。

下へ逃げると考えたのは、普通だ。

でも、ここからが散香の力の見せどころ。

スロットルを押し上げる。

機体が止まる、という手前で、エンジンが唸りを上げる。

油圧と高度をメータで見る。

舵をニュートラル。

左から突っ込んでくる。

行け。

僕の散香は、上昇に転じる。

ロールは抵抗になるから我慢。

空の半分が見えないが、自分の見込みを信じるしかない。

こちらの動きを、相手はフェイントだと思うだろう。

その手もたしかにある。使い古されているけれど。

上がる。さらに上がる。

相手は引き上げられない。速度が殺せない。

撃たなかった。下を行き過ぎた。

エンジン・スロー。

エルロンを切って、ようやく周囲を確かめる。近くに機体は見えない。草薙も土岐野も下だろう。

ストール・ターン。

相手はスライドするようにターンしている。力で回ろうとしている感じだ。

下に小さく二機見えた。土岐野だろう。草薙はいない。

機首が下を向いたところでスロットルをハーフ。

機首を真下へ。

相手もこちらを向こうとしている。なかなか速い。

さあ、来い。

ロール。同時にフラップを戻す。

スロットル・ハイ。

ラダーで右へ修正。ロール。

油圧やや上昇。

高度が百下がったところで、エレベータを引く。

滑らかに水平に滑り出る。

エンジンを絞る。ラダーで機首を左へ。

右の翼が上がりたがるのを、エルロンで抑える。

操縦桿を傾けながら、右手の親指がトリガを嘗《な》める。

左へ一度フェイント。

勝負だ。

右へ出る。

相手は翼を立てる。

その一瞬の死角に、ラダーを戻す。

エルロンでさらに左。
こちらも横を向く。
エレベータ。
来る。
撃てない。
すれ違った。
エレベータを引く。
シートに躰が押さえつけられる。
機首が上を向いたところで、相手を見た。
まだだ。そのままだった。
背面へ入れる。
フラップ・ニュートラル。
エンジン・フル・スロットル。
相手がエレベータを引いた。速度が落ちて、追いつく。
完全に後ろについた。
気がついて、水平へ戻そうとしている。
背面に入れる手があったのに。どうしても、正立になりたがるのが本能か。

右。

スポイラでブレーキ。

射程。

撃つ。

左。

ラダーの足を踏ん張る。

撃つ。

離脱。

右へロールしながら、降下。

後方に一瞬、煙が見えた。

ロールを止めて、観察。

斜め下に、火を噴《ふ》いた敵機。

「デッドアイ、下りてこい」草薙の声だ。

深呼吸をする。汗をかいていた。

「こちらは今終わった」僕はマイクのスイッチを入れて話す。

「見えている。真下だ」

エンジンを絞って、メータをチェック。機首を下へ向け、旋回しながらダイブしていく。

すぐに草薙を見つける。

その後ろについて水平に西へ。

一分ほどで、下から土岐野機が上がってきた。

僕の横につけて、こちらへ手を上げる。

「なんだ、無線の故障か？」僕は呟《つぶや》いた。しかし、今日は草薙がリーダなのだ。土岐野はジョークを言うのを遠慮したのだろう。

すぐに雲の下に沈み、海岸線を低空で飛んだ。

4

一時間後に基地に帰還した。草薙が最初に降りて、次が土岐野、最後が僕だった。飛行機から降りて、事務棟の方へ歩いていると、隣の格納庫から土岐野が走ってきた。足取りが軽い。まあ、戦果が戦果だから無理もない。相手は新鋭機だったのに、こちらの三機は無傷なのだ。

「今夜もフーコか？」彼が言った。

「言うと思ったよ」僕は言い返す。

「まあ、期待されているからな」彼は口をへの字にした。

撃墜した日にはフーコのところへ行く、なんて決めていたわけではない。そんなルールがあるとしたら、それは土岐野の方だろう。

「本当は、無線で言いたかったんだが」彼は目を大きく見開いて、わざとらしいジェスチャで続ける。「下品なことを口にしたらクサナギ氏に叱られる。私の空を汚さないで」

鼻息を一瞬だけもらして、僕は反応。

「ササクラが何て言ったと思う？」さらに土岐野がきいた。

「何を？」

「新型の双発《そうはつ》を三機やったって話したんだ」

「整備士に話すのはルール違反だろう」

「あいつは特別だ。なあ、こう言ってたぜ。おそらく、パイロットも新型だったんだろうって」土岐野は笑った。「な、可笑《おか》しいだろ？」

あまり面白いとは思えなかったが、一応、つき合いで笑ってやった。空から戻ってきた直後は、酔っぱらっている状態に近い。ビールをいくら飲んだって酔わない土岐野でも、これくらいハイ・テンションになる。

もちろん、僕だって気分は良かった。二人で事務棟に入り、階段を上って、草薙のオフィスへ。彼女は既に着替えていて、ソファに腰掛けて待っていた。短いスカートだった。

「おやおや」土岐野が彼女の脚を見ながら言った。

「何？」その脚を組んで、草薙がきく。

「スカートで飛んでいたんですか？」土岐野がきいた。もちろん、ジョークだ。

簡単に報告をし合った。土岐野は低空で交戦していたが、敵機が誤って海へ突っ込んだと話した。それ以前に、被弾させていたかもしれない、という控えめな報告だった。草薙の報告は簡単だった。

「後ろへ回り込んで撃った」両手で位置関係を示しながら話した。「こんな角度かな」

「それだけですか？」土岐野が笑っている。

「そうね。あの機体は戦闘機には向かない。そろそろ諦めるんじゃないかしら」無表情で草薙が言う。「染赤《ソメアカ》に似ていると思う。艦載にした分、翼面積が大きすぎる」

染赤というのは、我が社の新鋭機のことだ。小型爆撃機、あるいは地上攻撃機として使われている。まだ、それほど配備は多くはない。散香の成功で、プッシャ・タイプの中型機を、というコンセプトだったようだが。

僕もだいたいの経過を説明した。質問をしたのは土岐野だけ。草薙は目を細めて、僕を見つめていただけだ。

「了解。では、これで終わり」彼女は立ち上がった。

土岐野と僕も立ち上がって、軽い敬礼をした。

「お疲れさまでした」土岐野が言う。僕たちは部屋を出た。

階段を下りてから、いつものコースで食堂へ。土岐野はビールを。僕はソーダをグラスに注いだ。喉が渇《かわ》いていたから、一杯めは宗教的に美味しかった。厨房で昼食の準備をしている音がする。パイロットは一人もいない。この時間は出かけているか、トレーニングをしている奴が多い。午前中は活動的で、午後になると文化的になる、というのは土岐野の言葉だったはず。

「な、ご機嫌斜めだっただろう？」彼が小声で囁《ささや》いた。

「え？」僕はきき返す。煙草に火をつけたところだった。「誰が？」

土岐野はビールのグラスを片手に持ったまま、親指を立てて天井を示した。草薙のことらしい。草薙の機嫌が悪かったということだろうか。僕にはそんなふうには見えなかった。その逆。当然、機嫌は良いものだと思っていたから、少し驚いた。

「せっかく私が出向いたのに、あいつが来ない」土岐野が囁いた。草薙劇場らしい。

「ああ……」前衛的な演技だったが、理解はできた。

つまり、黒猫と一戦交えたい、というのが草薙の希望なのか。そのために小隊長自ら飛んだのに、敵は出てこなかった。しかし、そんなに簡単にいくものではない。電話で予約するなんてわけにいかないのだから。

ソーダがなくなったので、僕は煙草をくわえたまま席を立った。土岐野は片手を一度だけ振った。もう、普段の非粘着性の彼に戻っているようだ。昼飯を食べるよりも、昼寝がしたい、と僕は思った。でも、冷たいベッドで寝るのはどうも気が進まない。こんなとき、温室みたいな、そう、サンルームとか、それとも暖炉に足を向けたロッキングチェアとか、そんなものがあったら良いな、と考えた。外は風もなく、それに日差しもそれなりに暖かかった。ジャンパの襟《えり》を立てて日向に座っていれば、暖かいだろうか。でも、眠ることは無理だ。

フーコの部屋ならばゆっくりと昼寝ができそうだ、と発想した。もちろん、フーコがいなければ、である。それから、僕の両親が住んでいる山小屋のような家と、さらに、草薙も行ったという鳥小屋のある例の彼女の家を思い出した。僕は人の名前をよく忘れる癖がある。何だったっけ。とにかく、思い出すのも億劫《おっくう》だった。

しかたがないので、部屋に戻ってベッドの中へ。選択肢がないというのは、悪くない。毛布にくるまった。今日飛んだ道筋が何度か頭で再現された。眠りかけた頃、一度、土岐野が部屋へ戻ってきたようだったが、僕は目を開けなかった。彼はすぐに出ていった。

夢も見ないで三時間くらい眠った。まだ昼間だ。少々空腹を覚えた。コーヒーくらい飲むか、と考えて、食堂へ行くことにする。エンジン音が聞こえたので、滑走路の方へ回り道をした。二機の散香が離陸したところだった。誰だろう、逆光でナンバさえ見えなかった。

食堂でコーヒーを頼んだら、たちまち出てきた。カップにもう注いであったみたいだ。

窓際に座って、生温《なまぬる》いそれをすすった。階段から草薙が下りてきて、ロビィからこちらを見る。視線が合った。彼女は、こちらへやってきた。

テーブルの向かい側、斜め前の椅子に草薙は腰掛け、煙草を取り出して火をつけた。

「サガラの話だ」草薙が言った。

「サガラ？　えっと……」心当たりのない名前だった。

「ホンジョー」彼女は煙を吐く。

「ああ……」僕は彼女の言葉を聞いて、久しぶりにその名前を思い出した。昨日あそこへ行ったときだって、そんなことはすっかり忘れていたのだ。きっとその場では考えても思い出せなかったはず。今だって、草薙もあそこへ行ったことがある、と聞いていなければ、これほど滑らかに連想できなかっただろう。「あ、ええ、昨日でしたね」

「何度くらい行った？」

「そうですね、五回かな、六回かもしれません」

「理由は？」

「理由、ですか？」僕は天井を見上げて考える。理由は何だろう。土岐野が言った言葉も思い出したけれど、もちろん、そんなことは言えない。間違っているし。「最初は、ここへ彼女が来ました。えっと、七面鳥でしたっけ、もらいましたよね？」

「それで？」目を細め、冷たい視線を草薙が僕に向ける。

「あのとき、少し話をしました。この食堂で、みんなも一緒だった」

基地のアニバーサリィでパーティがあったのだ。といっても、ささやかなもので、乾杯があるだけ。ほかにはなにもない。音楽さえもなかった。草薙のまえの指揮官は、もっと盛大にやったそうだ。草薙は根っからのパイロットだから、そんなセレモニィが嫌いなのは明らかだ。半分以上のパイロットたちも同意見だと思う。ただ、整備工や、それに、基地に普段は来ない上司たちは喜ぶ。そのときも、三人くらい来ていた。男が二人、女が一人。そうだ、その女は、頻繁に草薙のところへやってくる情報部の人間らしい。名前は知らない。

どういう経緯だったのか僕は知らないけれど、墜ちた本庄《ホンジョー》の家族だという人間が、パーティへの差入れで七面鳥を何羽か持ってきた。それがメインディッシュだった。七面鳥を飼っているのだろう、とそのときは思っただけだ。

パーティの途中で、七面鳥を差し入れた当の彼女が顔を出した。一応、みんなで敬礼をした。本庄だと名乗ったが、死んだ本庄とどんな関係だったのかは紹介されなかった。見た感じ、妹には見えない。つまり、本庄には似ていない。

結婚していたということか、と誰かが内緒話で僕に言った。土岐野ではない。何故って、土岐野はそれを否定したからだ。本庄が結婚していたなんて絶対に信じられないって。僕もまったく同意見だ。パイロットで既婚者は滅多《めった》にいないし。でもどちらにしても、そんな事情を詮索する気にはなれなかった。だから、すぐにその話題からは離脱した。

今、草薙が口にしたサガラというのが、彼女の本当の名前だろうか。本庄と名乗ったのは、どうしてなのか。やはり、結婚していて、今は旧姓に戻ったのだろうか。

パーティの日に、その彼女と少しだけ話す機会があった。部屋の隅のテーブルでレーズンを摘んで、炭酸水を飲んでいたら、彼女の方から近づいてきたのだ。名前を聞かれたので、僕は名乗った。すると、

「ああ、ホンジョーから聞いたことがあります」と彼女は言った。そう、たしかにそう言った。自分の夫を姓で呼ぶのは、普通だろうか。そのときの僕は、彼女のことを、本庄の関係者ではあっても家族ではない、と受け止めたと思う。

「どんなふうにですか？」ほんの少しだけ興味がわいたので、僕は彼女に尋ねた。すると、

「基地の飛行機乗りの中では一番、普通の方だって」と言うのだ。

「普通の？」僕は口にした。おそらくそれは、まともな奴、くらいのニュアンスだったのだろう。ほかの連中がみんなまともではないからだ。本当のところは、僕だってまともではない。単に表に出ないだけ。ようするに、主な特徴が内側へ向いているというだけのことだ。本庄がどれだけ人を観察していたのか疑問があるけれど、奴こそ、飛び抜けて大人しいまともな普通の奴だった。

「あのとき、彼女が基地の近くに住んでいることを聞いたんです」僕は思い出しながら草

薙に話した。「それはそうですよね、近くにいるから、七面鳥を持ってこられたわけです」僕は自分で言って頷いた。「たしか、僕は、鳥を育てるのが仕事なのか、と彼女に質問をしたと思います。そうしたら、一度、鳥小屋を見にきてほしい、と言われました」

「鳥小屋を？」草薙が言葉を繰り返した。

「ええ。どうして、そんなものを見る必要があるだろう、とそのときは正直、思いました」思い出すまま、記憶のとおり、素直に僕は説明を続ける。「だけど、たまたま、あそこを通りかかったんですよ。えっと、ご存じですよね、あの道」

草薙はスイッチみたいに小さく頷き、次に僅かに顎《あご》を上げて、話のさきを促した。

「いつも見ていた風景なんですけど、あの長い屋根にふと気づいて、もしかして、と思って停まったんです。下りていく道があったから、そちらへ行ってみました。そうしたら、彼女がいた」

「ドラマティックだな」草薙が無表情で言った。

「まあ、偶然というか、ちょっとびっくりしましたよ」

「で？」

「いえ、それだけです」

「それが初めて。その次は？」

「二回めは、もう場所がわかっているから、ああ、えっと、花を持っていきました。一回めのとき手ぶらでしたからね」

「花を買って？」

「そりゃ、そうですよ、普通」

「何のために？」

「花がですか？　さあ、何のためでしょうね」

「誰のために、という意味だ」

「ああ……」僕は頷き、息を吸い込んだ。「死んだ人間のためなのか、それとも、生きた人間のためなのか、という質問ならば後者です。どんなものも、死んだ人間のためには存在しませんから」

「では、その次は？」草薙がきいた。

「ちょっと待って下さい。これは何ですか？　すみません。職務上の質問ですか？」

「違う。プライベートなことだ」草薙は、そう言うと振り返った。調理場の方を見たようだ。近くに話を聞いている人間がいないか確かめたのだろう。「個人としてきいている。答えたくなければ答えなくて良い。もし、私の態度が高圧的だと感じたのなら、それは誤解だ」

「いえ、べつに、そんなふうには……」僕は少しだけ苦笑したかもしれない。でも、あまり続かなかった。「僕は、彼女の名前さえ知りません。何ていうんですか？」

「サガラ」

「サガラさんか、下の名は？」

「アオイ」

「へえ……。ホンジョーとの関係は？」

「そこまで知らなくて良い」

「わかりました」僕はすぐに頷く。そのとおりだと思った。

「彼女には関心がない、と言いたいのか？」

「関心ですか……。よくわかりませんけれど、たぶんそうですね、特別な関心は抱いていません」

「では、何故、何度も行く？」

「えっと……、また来てくれ、と彼女が言うからです。だから、あそこを通ると、じゃあ少しだけ寄っていくか、と思ってしまう。それだけです」

「同情か？」

「違います」何故か、僕はすぐに否定できた。「そんなつもりはない。べつに良いことをしているとは思っていません。もちろん、悪いこともしていないし」

「君の行動について、私はどうこう言うつもりはない。君の評価が目的ではない。質問はあと一つだ」草薙の目が開き、北極の太陽みたいな瞳が僕を捉《とら》える。「彼女から、私のことをなにか聞いたか？」

「え？　クサナギさんのことをですか……、えっと、クサナギさんも、あそこへ行ったんですよね。昨日、彼女がそう話しました」

「で？」

「えっと、どうして、クサナギさんが来たのか、と尋ねたと思います」

「サガラは何と答えた？」

「いえ、なにも」僕は首をふった。「さあとか、どうしてかしらとか、そんな返事でしたっけ」

　クサナギはまだ僕を睨んでいた。

「クサナギさんは、どうしてあそこへ行かれたんですか？」僕は質問した。「職務ではありませんよね。同情でもなさそうだし」

「答えたくない」彼女はそう言うと、僕から視線を逸《そ》らした。「いや……、ホンジョーのことで行ったのではない」

「了解。もう終わりですか？」

「ありがとう」草薙は立ち去ろうとした。しかし、腰を上げたところで止まった。そして、再び僕を見据えて言った。「悪かった。クリタの行動を非難しているのではない」草薙の顔を僕は見る。目尻に皺《しわ》があった。疲れている顔に見えた。最初に彼女に会ったときは、もっと鋭い眼光だったように思う。

「ええ、わかります」僕は微笑んだ。これはサービスだろう。彼女のことがもちろん嫌いではない。

「ただ、できれば……、サガラとは会わないでほしい」目を細め、押し殺した声で草薙は話した。「これは命令ではない、私の希望だ」

「理由は？」

「言いたくないからだ」

「わかりません、それでは」僕は小さく吹き出した。

「理由が必要か？」草薙は表情を崩さない。

「いいえ」僕は短く息を吐いた。そして、首をふった。「もう行きません」

「すまない。感謝する」草薙はまったく表情を変えずにそう言うと、食堂から出ていった。ロビィで吸い殻入れに煙草を投げ入れるのが見えた。階段を上っていったが、こちらを振り返ることは一度もなかった。

5

その夜、フーコのところへ僕は行った。到着したのは、二十時頃だ。珍しいことに、土岐野と一緒だった。二人で一台の車に乗ったなんて、もしかして初めてかもしれない。土岐野とは、階段の下で別れた。彼が会う相手がどんな女なのか、僕は見たくなかった。車の中でも、その話題にはならなかった。ただ、草薙水素が基地に戻ってから機嫌が悪い、という話をした。土岐野が目撃したのは、ロビィの吸い殻入れの下に落ちていた煙草の箱を、彼女が蹴《け》飛《と》ばしたところだった。その箱は、土岐野のものではなかったが、彼が拾って、ゴミ箱に入れてやったという。

「何だろうね、ストレスってやつだろうな」土岐野は言う。

「責任のある立場だからね」僕は適当に相槌を打っておいた。

フーコの部屋でも、しばらく草薙の顔が僕の頭から消えなかった。いつもと少し印象が違っていたせいだろう、と思う。反対にフーコは今までで一番上機嫌だった。なにしろ、二日連続で会いにきたのだから。

「我慢ができなかったの？」満面の笑みでフーコが言った。

「違う、今日の午前中、三機で三機を墜としたんだ」

「あら、凄いじゃない。三機って、誰？　トキノと、もう一人は？　二人しか来てないわよね。誰、来なかったのは」

「クサナギ氏だよ」

「あぁ……」目も口も丸く開けて、フーコはゆっくり頷く。「あの子ね、うん、一度だけここへ来たことがあるわ」

「え？　いつ？」

「うーん、うーん、駄目かも、嘘、間違いだわ。聞かなかったことにして」

「どうして？」

「そんなこと、いいじゃない」彼女は僕にマーガリンみたいに抱きついてきた。

　ベッドの上で、やっぱり僕は草薙のことを考えていた。彼女はここへ何をしにきたのだろう。部下の誰かを叱るためにきたのだろうか。その場合、男を叱るのだろうか、それとも女を叱るのか。ああ、どちらでも良い。たしかに、フーコが言ったとおりだ。つまらないことをどうして考えてしまうのだろう。今は開ける必要がないときでも、蓋《ふた》が固いとどうしても力を入れて開けてしまうようなものだろうか。

　草薙のスカートから出た脚を、僕は思い浮かべていた。フーコと同じくらい白い。でも、フーコよりも細い。草薙の方がずっと軽いだろう。一・五キログラムよりも、ずっとずっと。

　僕の上に乗ったフーコの重さを感じながら、次に笹倉が言っていたことを思い出す。

「飛行機の中でどこが一番無駄な動きをしているか、わかるか？」片方の眉をつり上げて彼がきいた。

　僕は、エンジンのピストンじゃないか、と考えた。それとも、ランディング・ギア、つまりタイヤかな。出たり入ったり、飛ぶことには関係がない。しかし、一番無駄な動きをするといえば、やっぱりそれはパイロットだろう、と思い至った。でも、黙っていたら、笹倉が答を教えてくれた。

「一番は、プロペラだよ」彼はそういって、鼻から息をもらす。

「プロペラは、でも大事だ」僕がそう言い返すと、

「考えてもみろ、なんであんなところで、ぐるぐる回ってるんだ？　全然関係ない動きをしている。無駄の極みだよ。鳥を見てみろ、プロペラなんかない。魚にだってスクリューはないだろう？」

「それは、鳥より飛行機が速いし、でかいし。魚より船の方がやっぱりでかいから……」

「今はとりあえず必要ではある、しかし、最適の形じゃないってことだよ」

「よくわからないけど。あ、じゃあ、人間の躰の中で一番無駄な動きをしているのは、どこ？」

「人間か、そうだな……」笹倉は腕組みをして考えた。そして、斜めに僕を睨みつけていた顔が急に緩《ゆる》んだ。「ああ、そうか、ここか」彼は片手を上げて、頭の横に指をつけた。

「頭？　そうかな、僕は心臓だと思ったけれど」

「心臓？　心臓はけっこう合理的にできている方じゃないかな」

「そう？　なんか、どきどきして、無駄に動いている気がするけどね」

「心臓ってのは、つまりポンプだ。空気を圧縮したり、エンジンに燃料を送るポンプ。そんなポンプごときが、生きてる象徴みたいに言われるなんて、少し不思議だな。機構も簡単だし部品数も少ない。たとえば、エンジンに比べたら故障もしにくい」

「ああ、そうだね、飛行機だとエンジンが一番大事に扱われている」

「エンジンってのは筋肉だよな、ただの」

「そうか。どうして、人間は心臓で、飛行機はエンジンなんだろう？」

「簡単さ」笹倉は口を斜めにして、非対称な笑い顔になる。「ようするに、ばりばり、どきどき音がするところが、一番働いているように見えるってだけの話だな。無駄があるからこそ、音が出るんだけど」

　音がするのは、やっぱり無駄に動いている証拠なんだろうか。がたがたと振動するもの、ばたばたとはためくもの、たしかに、音を立てるものは、行き過ぎて、また戻って、その途中で擦《こす》れ合って、熱を発している。ぶるぶると震えているもの。怖がっているもの。虚勢を張って。

　きっと……。

　綺麗なものは静かで、動かないのだろう。

　動いたとしても、ゆっくりと、音もなく。

　飛んでいるときは、エンジンの音にほとんどが掻き消《け》されてしまう。例外は翼や機体が空気を擦《こす》る音、構造の軋《きし》み、リンケージのガタ、操舵のノッチ、先尾翼の軽いフラッタ。頭痛みたいに軽いやつ。その程度か。自分の呼吸の方が煩《うるさ》く感じることの方が多い。ひゅうひゅうと、掠《かす》れた音が、何故か耳もとで繰り返されるのだ。

フーコの息か、と思い出す。

草薙だったら、きっともっと静かだろうな。そんな連想をした。目を瞑《つむ》ると、草薙の散香の軌跡が見えた。

「ああ……、ジンロウ」耳もとでフーコの掠れた声が呼ぶ。

僕は目を瞑ったままだった。じっと。どうして、僕はこんなところにいるのだろう、という気持ちが少しずつ大きくなっている。フーコは悪い人間じゃない。たとえば、同じ部屋にいても、ストレスにならない数少ない人間だ。そうではない人間は、何億倍もいるのに。

だけど……。

それでもなお、いない方が良いとときどき思ってしまう。もちろん、そう思うのは、彼女の躰が僕に触れているときだ。きっと、ストーブみたいな存在なのだ。近くにいてほしいけれど、触ったらとたんに嫌になる。

「ねえ、好きだよ」フーコが言った。

僕はじっとしていた。目を瞑ったまま。

「眠いの？」

そうかもしれない、と思った。たしかに、ここへ来ると眠くなる。これが安らぎというものだ、と最初は思ったけれど、安らぎって、意識がなくなることだろうか。死んだ人間に、安らかに眠れって言うのは、どうしてなんだろう？　飛行機に乗っているときが一番気持ちが良いけれど、けっして眠くはならない。だから、安らぎとは違う。吸い込む空気が、清々しいと感じることはあっても、胸に広がっていく微かな圧力のようなもの、躰に浸透していく仄《ほの》かな温かみのようなものを感じることはあっても、でも、きっと安らかではない。鳥だって、翼を止めてしまったら、地面に落ちるのだ。安らかに飛んでいる鳥なんていない。では、地面で眠っているときが安らかなのだろうか。それも、違うと思う。

「本当、あなたが好き。初めてだわ。人を好きになったのは」

きっと、フーコは誰に対しても、初めて好きになるのだ。それはたぶん、彼女という人間が、ガラスみたいに透き通っていて、素直な心を持っているからにちがいない。そんな気がした。普通に生きている大人たちの方が、フーコよりもずっと不純だ。なによりも自分に対して嘘をついている。自分はこの仕事をするために生きている、自分にはこの人を愛する義務がある、そう思い込もうと必死なのだ。地面に這《は》い蹲《つくば》って、必死にしがみついているだけだ。

子供にはこう教える。景色は綺麗だ。動物は可愛い。友達は大切だ。故郷は懐かしい。

老人は優しい。家族は愛に包まれている。笑顔を絶やすな。子供たちを守れ。戦争は悪魔の仕業。金に目が眩《くら》んだ奴らは悪魔だ。暴力には非暴力で立ち向かえ。みんなで協力しろ。力を合わせることは尊い。人間は尊い。すべては愛だ。子供を思い親を思う家族愛がすべてを解決する。美しいものを見て涙を流せ。泣くことは素直な気持ちの表れだ。泣け。そして感謝しろ。神様に感謝を。自分一人で生きているのではない。世界は一つだ。手をつないで。歌おう。平和を讃えよう。努力を讃えよう。醜いものは欲情だ。貪欲《どんよく》は悪魔だ。小さな幸せを望め。身近な愛を摑め。感謝して死ね。家族に囲まれて死ね。愛されたと思え。人の役に立ったと錯覚しろ。みんなは仲間だと信じろ。騙《だま》されろ。そう思うだけで幸せになれる。それがすべての神だ。人間は美しい。美しさは心だ。見かけに騙されてはいけない。心を清らかに。良い子になるんだ。言うことをきく良い子に。先生や親を信じなさい。大人は子供のことを心配している。心から愛している。本当に愛しているんだよ。お前は宝だ。私たちの宝物。大事な大事な。ああ、可愛い。愛しているわ。ねえ、笑って。好き？　私のことが好き？　ああ、可愛い人。お願い笑って。あなたの笑顔が見たいわ。ジンロウ、ジンロウ。

　ホイップする甘い香りの中で、しかし、それらすべての言葉が、僕には美しいとは思えない。正しいと思えない。優しいとも思えない。信じられない。従えない。歌えない。笑えない。

　大人は子供に嘘を教えている。何故か？　それは、自分たちが醜いことを知っているからだ。醜いと気づいているから、子供たちから隠れてしていることがある。何故隠れてまで、そんなことがしたいのか。それは、醜いことが好きだからだ。好きなことを隠れてしなければならない奴らなんだ。ほら、可笑しいだろう？　笑えてくるだろう？　そう、どうしようもなく可笑しいんだ。こんな可笑しいことはないよ。

　僕は目を開けた。

「あ、笑ってる」目の前のフーコが言った。大きな溜息をついて、さらに僕に寄りかかる。

「ねえ？　ジンロウ、きいてもいい？」

「何を？」

「私のこと、どう思ってる？」

「どうして？」

「難しいなあ」

「うーん」

　今どう思っているのか、という質問なのか、それとも、普段どう思っているのか、という質問なのか、どちらだろう、と考えた。けれでも、どちらも同じだな、と思い至る。

「ジンロウは、正直だわ」フーコが小声で言った。ロールして、僕の横で仰向けになった。でも、顔をこちらへ向けているようだった。僕の躰は、急に圧力が抜けたように軽くなった。気持ちが良い、と感じた。彼女の手が、僕の胸に触れて、ゆっくりと首の方へ動いているけれど。

「正直？」

「うん……、だってさ、私のことを好きだって、絶対に言わないもの」

「普通は言うもの？」

「うーん、どうかな」フーコはそこで吹き出して、しばらく笑っていた。

自分が普通の男と寝たことがあるかを、考えていたのではないだろうか。それはたしかに笑えてくるテーマかもしれない。

6

その夜は、土岐野と一緒に基地へ戻った。もう深夜だった。もちろん、帰路の途中で寄り道はしていない。草薙との約束もあったし、時刻が時刻だし、それに一人ではなかったからだ。ちらりとそちらを眺めただけ。真っ暗な暗闇の中に、まだ明かりが灯《とも》っているのが見えた。

翌朝、僕が目を覚ましたのはもう十時過ぎだった。土岐野がまだ眠っているようだったので、なるべく音を立てないようにベッドから出た。上着だけ羽織って、顔を洗いにいく。

水が冷たかった。歯を磨いていたら、土岐野が現れた。

「昨日、マツナガとアダチが帰ってこなかったそうだ」彼がぼそっと言った。

「え？」僕は、少し驚いた。「そう……」

飛び立ったのは夕方だったか。僕と土岐野が出かけている間に、戻ってきているものと考えていた。昨夜、基地はいつもと変わりなかった。土岐野は戻ったあと、食堂へ飲み直しにいくと話していたから、そこで話を聞いたのだろう。僕はすぐに眠ってしまった。

彼も歯を磨き始める。窓の外には、隣の建物の屋根が見える。光の具合なのか、いつも歪《ゆが》んで見える。その向こうに庭木が何本かあって、さらに滑走路が望める。今は静かだった。誰もいない。空にも雲はなくて、澄み渡っている。

しばらく無言。

ときどき、同僚がこうして自然に消えていくことがあるけれど、しかし、もちろん特別なことじゃない。日常茶飯事だ。突然の転勤、くらいの感じだろうか。それは、本庄のときだって同じだった。あらかじめ、いなくなることがわかっていれば、多少は違うかもしれない。だけど、突然だからこそ、割り切れる。どんな人間でも、突然消えてしまうことは珍しいことではないはず。

松永《マツナガ》と安達《アダチ》は顔を知っている、くらいの同僚で、あまり親しくなかった。二人がバスケットボールで遊んでいるところを何度か見かけた程度だ。

もちろん、どんなふうに墜ちていったのかを知りたいとは少し思う。もし一緒に飛んで戻ってきた奴がいるのなら、そいつから話を聞くことになるだろう。でも、飛んでいった全員が戻ってこないケースだって多い。そうなると、何がどうなったのか、どこでそれが起きたのかさえ、公式な情報は僕たちにはもたらされない。草薙は知っているのだろうか。否、確かな情報の発信源がない場合がほとんどだろう。

僕は口を濯《ゆす》いでから、土岐野に尋ねた。

「どんな話だった？」

「うーん」彼はまだ歯を磨いている途中だ。「場所はわかっているそうだ。海の上だがな。しかし、見ていた奴はいない」

まあ、そうだろう。

「相手が何機だったかも？」

「二機だったらしい」

「そう……」僕は頷いた。

そういった情報も、レーダ観察によるものだろう、確かとはいえない。三機か四機だったかもしれない。

「クサナギ氏は？」僕はきいた。

「え？」彼は口から泡を吐き出してから顔を上げる。「何？」

「クサナギ氏は、どんなふう？」

「どんなふうって？」

「機嫌悪かった？」

「知らん。会ってない。話も聞いてないな。なんで、そんなことが気になる？」

「いや、べつに……」


　自分がどうしてそんなことを尋ねたのか、自分でも不思議だった。そう、僕は、松永と安達が黒猫マークの奴に出会って、それで撃墜されたのではないか、と連想していたのだ。それだから、草薙もきっとそう考えて、そのことで悔しがっているかもしれない、彼女なら絶対にそう考えるはずだ、とほとんど確信に近い思いがしていた。だけど、根拠は全然ない。冷静になってみれば、単なる妄想。そんなに連日、同じパイロットが飛ぶことの方が珍しいだろう。

　食堂へ行って、遅い朝食をとった。閑散としていて、土岐野と二人だけだった。人間の数が減ったあとの一日くらいは、こんな感じなのだ。特にパイロット以外の人たちが大人しくなる。下を向いて歩く。建物もどことなく静かで、風で音を立てたりしない感じがする。当のパイロットたちは、それほど気にしていない。新しい人員がいつ補充されるかを考えているくらいが関の山だ。墜ちていった人間をあれこれ思い出すなんてことは、まずないだろう。思い出しても意味はないし、それに、墜ちた奴が羨《うらや》ましくなって、嫉妬さえ感じることになる。それがきっと嫌なのだ。

正面玄関の前に車が停められ、女が一人降りたのがガラス越しに見えた。ロビィに入ってきて、階段を上がっていく。草薙のオフィスへ行ったようだ。たまに見る顔である。情報部の人間らしいという草薙の上司だ。土岐野もそちらを眺めていた。特に関心はなかったけれど、今、上のオフィスに草薙がいることだけは確かだ、と考えた。

僕は立ち上がり、食器を返しにいった。土岐野はまだ座って煙草を吸っていた。一人で食堂を出る。ロビィを横切ったとき、二階から草薙の声が聞こえた。叫ぶような一瞬の大声で、何といったのかわからなかった。

「違う」と言ったのではないだろうか。

「嫌だ」だったかもしれない。

とにかく、そんな否定的な声だった。

僕は立ち止まっていた。でも、それ以外にはなにも聞こえなかった。ここで待つ理由なんてないから、外へ出て、滑走路の方へ歩くことにした。日差しが当たっていれば、寒くはなかった。

可哀相に、と少し思う。

草薙のことだ。どうして可哀相なのか、よくわからない。わからないのだけれど、ただなんとなく、そう感じるのだからしかたがない。

僕は、たぶん無意識に比較しているのだろう。パイロットだった頃の草薙と今の草薙を。両方の草薙を知っている人間は、特にパイロットでは、だいぶ少なくなったんじゃないかな。つまり、それくらいどんどん消耗していたから。

僕が草薙のことをどんなふうに考えたところで、全然意味はない。僕がなにを考えたところで、僕が墜ちてしまえば、すべてが無だ。考えていることなんて、結局は空の雲みたいなもので、遠くから眺めて、そのときだけに形が見えるものでしかない。次の日になれば、もうどこを探したって、同じ形の雲は存在しない。もともと存在しないものだって考えても同じだ。

僕は自分の飛行機を見にいった。格納庫の前で、整備士が三人集まって話をしていた。一人は笹倉で、ほかの二人は若い。僕の顔を見てから、二人はそれぞれ別の方へ歩いていった。笹倉だけが、眩《まぶ》しそうな顔のままそこで待っていた。

「暇だから、エンジンを見てやろうか？」笹倉が言った。「気になることはないか？」

彼は、僕の機体の担当ではない。でも、一度だけ見てもらったことがあった。特にエンジンに関しては、ここの整備士はみんな笹倉のことを神様みたいに認識していて、わからないことがあれば、笹倉に相談しているようだ。不明なことがあると、「ササクラさんにきいておきます」と必ず言う。年寄りの整備士長は別に一人いるけれど、彼も笹倉を頼りにしていることは明らかだった。腕が良い、という意味だ。ただ、笹倉は少々偏屈者《へんくつもの》だから、周りはけっこう気を遣《つか》って彼に接している。パイロットでさえ、それは同様。もちろん、僕もある程度は。

「今のところは、問題ないです。例の息継ぎくらいですね。あれが直ったらいうことなしですけれど」

「ああ、あれな」笹倉は口を歪《ゆが》める。「もちろん、方法がないわけじゃないが、微妙なところだ。下手をすると台無しになるし。ゆっくり実験をさせてくれれば、解決する自信はあるが」

「台無しっていうのは、エンジンが駄目になるかもってことですか？」

「そうそう。あちこち穴を開けることになるから」

「大変ですね」

「人間でも、嗄《かす》れ声の奴がいるだろう。あれと同じだよ。喉んところに穴を開けたら、直ったりするんじゃないかな」

「へえ、そうなんですか」

「そら、フーコとか」笹倉は、ふっと笑った。

僕は、フーコの喉に穴が開くのは見たくなかったので、笑えなかった。

笹倉は滑走路の方へ歩いていった。反対側にある格納庫へ行くために横切るつもりだろう。僕はしばらく彼の姿を眺めたあと、シャッタが半分上がった格納庫の中を覗いた。草薙の散香がある格納庫だ。頭を下げて、一歩だけ中に入る。誰もいないようだった。草薙の散香は、どことなく軽そうに見えた。自分の散香と同じなのに。

　それから、ふと天井を見上げる。キャットウォークのところにまだ模型飛行機が引っかかっていた。僕は奥の工具棚のところまで行き、その横の梯子《はしご》を上ることにした。大きな木箱を二つ載せた台車を数十センチ移動させる必要があった。梯子は壁に取り付けられた鋼鉄製のものだ。冷たくて、錆《さ》びた部分が手に染《し》みそうだった。上っていくと、キャットウォークのコンクリートの床を抜ける。上面は埃《ほこり》だらけで、しばらく誰も上がっていないことは確かだ。それでも、パイプや鋼材、チェーンなど雑多なものが置かれていて、歩きにくい。模型飛行機の方へなかなか近づけない。高い位置には窓はないから、下よりも暗かった。目の前にはクレーンのレールが迫っている。

　ようやく模型飛行機を手にしたとき、話し声が聞こえてきた。格納庫の前に誰かいる。すぐに、一人が草薙だとわかった。もう一人も女の声だ。歩いてきて、シャッタの前で立ち止まったようだ。二人ともスカート。その脚と、格納庫の中へ伸びるシルエット。

　草薙がシャッタを潜《くぐ》って中に入ってきた。僕は、咄嗟《とっさ》に壁際に躰を寄せて、下からの死角に自分を隠した。

「あまり聞きたくないお話ですね」草薙が言う。

「これ、あなたの散香？」もう一人も、シャッタの中に入ってきたらしい。さっきやってきた、長身で痩せているあの女だ。

「そうです」

「四機めじゃない？」

「三機めです」

「我《わ》が儘なパイロットだわ」

「それしか、私は要求をしてきませんでした。それくらいしか、要求することがなかった」草薙は早口で言った。僕たちに対するしゃべり方とは違っていた。「誰かいる？」突然高い声を上げた。

びっくりした。覗き見ると、草薙は格納庫の奥を見ていた。

奥からの返事はない。僕も黙っていた。

どうしよう。少し困った。出ていきにくい。そのうち彼女たちの方が出ていってくれるだろう。じっとしているしかないか。

「私が見たところ、この頃のクサナギは、ほんの少しだけれど、バランスを崩していると思うの。友人として、率直に言っているのよ。気を悪くしないで。どこか、躰の調子が悪いとか？」

「ええ、良くはありません。でも、病気ではないと思います。たぶん精神的なものでしょうね。基地のこと、チームのことを考えなければならない、そのストレスだと」

「でも、最初の頃は、ちゃんとできていた。違う？」

「疲れました」

「クサナギ・スイトの言葉とも思えないわ。何故？」

「わかりません、自分でも。ええ、どうしてこんなふうなのかって思います。だけど、もし可能なら、ただのパイロットに戻していただけませんか？　そうすれば、必ず今よりは仕事ができると思います」

「それはできない」

沈黙。

そっと、また下を覗く。クサナギは主翼の前、キャノピィの横に立っていた。長身の女は、まだシャッタの近くだ。

「人間はね、戻れないの。誰一人、戻ることはできないわ。大人が子供になれる？」

「パイロットとしてなら、まだ誰にも負けない」

「私は……、いい？　気を落ち着けて聞いてね、逆だと思うの。あなたは、もう乗らない方がいいわ。しばらくでもいいから、地上勤務だけにして、試してみる気はない？　きっと、今よりも落ち着くと思う。どっちつかずなのが向かなかった。それがストレスになった」

「最初から、それは言いました！」草薙の声が大きくなった。「わかっていた。絶対に向かないって。ああ……」彼女は声を震わせる。「もう、駄目だ。もう、なにもかも」

「クサナギ、落ち着いて」女が草薙に近づいた。「とにかく、そう……、しばらくね、休暇を取ってはどうかしら？」

「効果はないと思います」

「昨日、二機を失ったばかりだから、気が立っているのじゃない？」

「いいえ、全然。そんなの日常茶飯事ですから」

「自分が飛ばなかったことを後悔しているでしょう？」

「ええ、しています」

「それがいけないのよ」

「どうしてですか？　私だったら、絶対に墜として帰ってきました」

「そんなふうに考えるから、ストレスになるのだと思うわ。うーん、じゃあたとえば、パイロットに戻る以外では、自分で、どうしたら良いと思っているの？」

「そうですね……」草薙は溜息をつく。「残念ながら、どうしたら良いのか、まるで、その、解決策を思いつきません。いつか任務を遂行できなくなる。それは確かです。もう辞職するしかないでしょうか？」

「だから、もう少し待ってもらえないかな、それは」

「待てば、なにかが好転すると思われているのですね？」

「ええ」

「どうして、そんなに楽観的なのですか？」

「わからない」女も溜息をついた。「ああ、でもね、私はあなたを信じているの。これだけは、わかってほしいわ」

「もう、あなたが懸けたクサナギ・スイトは、消耗しました。見切りをつけるときが来たのだと思います」

「お願いだから、そんなこと言わないで」女の方も声を震わせる。「お願いだから……、ね？　どうか、機嫌を直して」

「機嫌が悪いわけではありません」

「良くはないわ。怒っている」

「ええ、すみません。でも……」

沈黙が数秒。

「でも？」

「いえ、なんでもありません」

草薙はそう言うと、飛行機から離れ、シャッタを潜って外へ出た。彼女の影が動く。長身の女も草薙を追って、格納庫から出ていった。二人の影はすぐに消えて、またなにも動かない場所に戻った。

　僕は模型飛行機を片手に持ったまま、慎重に梯子を降りた。床に下り立つと、もう一度その模型を眺める。主翼の紙に埃が溜まっていた。プロペラは樹脂で作られている。回してみると、ゴムにまだ弾力が残っていることがわかった。

外に出る。滑走路の方角が眩しかった。少し離れたところで、台車を引きずった車両が動いているだけで、ほかには人の姿もない。

　プロペラを指で回しながら、滑走路の方へ歩いていく。風が少し出てきたかな、と感じた。本ものの飛行機には、影響のない風速だが、この小さな飛行機は流されるだろう。

数はかぞえていなかった。子供の頃は、ちゃんと数えてゴムを捲《ま》いたのに、どうしてこんないい加減な人間になってしまったのだろう、と僕は思った。

主翼と尾翼の角度を確かめ、離陸角もあまり欲張らず、僕は飛行機をそっと空へ放してやった。

プロペラが回り、そのトルクで機体が傾いた。しかし、力強く前進する。斜め左へ上昇。

そちらへ歩きながら眺めた。

良いなあ。

やっぱり、飛行機は良いなあ。

人間なんかよりも、ずっと。

子供のとき、初めてこれを飛ばしたのは、草原だった。父が飛ばしてくれた。ああ、そうだった。犬も一緒にいた。シロップという名の毛が長い犬だった。いつも口を開けて、舌を出していた。そうだ、死んだときも、舌を出していた。

かなり上昇したところで、ゴムが伸びきって、プロペラが止まった。飛行機は滑空する。今度は右旋回だ。

犬が死んだあと、母もいなくなった。家を出ていったのだ。不思議だ、あんなに優しかったのに。あんなに、父のことを褒めていたのに。僕は、理由を父にきけなかった。犬が死んだ理由も、母がいなくなった理由も、同じくらいきいてはいけないことだと僕には思えた。つまり、それを子供に説明することが、辛《つら》いことだとわかっていた。父に辛い思いをさせたくなかった。

僕はくすっと吹き出した。良い子じゃないか。

どうして、こんな良い子なんだ？

誰のために良い子でいるんだ？

いったい、誰が見ているんだ？

神様か？

神様なんて、一度だって信じたことはないくせに。もし神様がいるのなら、犬も死ななかっただろうし、母も出ていかなかっただろう。違うか？

飛行機は滑空を続けて、倉庫の近くの樹の中へ突っ込んだ。僕はゆっくりとそちらへ歩いていく。樹の下まで来て、見上げる。角度を変え、方々から探した。ようやく、高い位置の枝に引っかかった飛行機の一部が見つかった。

「今度は樹か……」

格納庫の中の方が幸せだっただろうか。新しい場所は、雨が降ったらお終いだ。けれど、最後のフライトはなかなか見事だった。もう一度飛べただけでも良かった、と思ってくれるだろう。

7

数日後、僕は一人で車を運転して、町外れのカフェに行った。なんとなく退屈だった。買いものにいく用事もない。フーコのところは遠いし、それに行きたくもない。例の鳥を飼っている彼女には、少しだけ会いたい気もしたけれど、これは草薙との約束があるから、意識から遠ざけていた。

カフェのテーブルで苦いコーヒーを啜《すす》りながら、雑誌を読んでいた。いつもと変わらない記事ばかりで、どこの国の話なのかも、よくわからない内容が多い。

気配を感じて見上げると、目の前に男が立っていた。知らない顔だ。

「クリタさん、はじめまして。私はこういうものです」名刺を差し出すのだ。僕はそれを受け取って、書かれている文字を読んだ。ＹＡ新聞社の記者で、杣中《ソマナカ》という名だった。

「どうして、僕の名前を知っているんです？」僕はきいた。

「私は、クサナギ大尉の大ファンでして、できれば、彼女のことを記事にしたいのです。その、もちろん許可が得られれば、ですけれど」

「誰の許可？」

「もちろん、クサナギ大尉のです」

「それは、無理だと思いますよ」

「あ、ええ……」杣中は顔を歪《ゆが》めて頷いた。「あの、ちょっとだけですけれど、お話を伺ってもよろしいですか？」

「まだ、僕の質問にお答えになっていませんけれど」

「え？　あ、ああ……」彼は頭を掻いた。額から汗が噴き出している。どうしたのだろう、ここの暖房がそんなに暑いのかな。それとも、どこかから走ってきたのだろうか。「いえ、先日の基地の公開日のときに伺いました。あのとき、クリタさんが、通路で案内をされていましたよね。それで、あとでクサナギさんに、きいたんですよ」

「どうしてです？」

「クサナギ大尉と、親しそうに話されていたので」

「僕が？」

「はい」

「親しくはありません」

「でも、もうかなり長く、クサナギ大尉とご一緒だそうですね」

「ずっと同じチームです。一緒というか、彼女は僕の上司です」

「大尉が指揮官になって、こちらの基地へいらっしゃったとき、クリタさんだけが、一緒に転属されたそうじゃないですか」

「ええ。あと、整備士も二名」

「それは、親しかったからでは？」

「いえ、違います」

「指揮官として、クサナギ大尉はどんな感じでしょうか？」

「あの、答える必要、というか義務を、僕は持っているのでしょうか？」

「いえ、もちろん、公式なインタヴューではありませんし、ご自由に。すぐ記事にするなんてこともないし、それに、当然ですが、あらゆる文章は公表のまえに、最終的に許可いただかなければなりません。ただ、今は単純に興味本位の自由取材です」

「よく意味がわかりません。僕には、どんなメリットがありますか？」

「そうですね。コーヒーを奢《おご》らせて下さい」

「それがメリット？」僕は少し笑ったかもしれない。たぶん、軽蔑の笑みだっただろう。

「あるいは……、そうだ、クリタさんが、知りたいことを、私がお教えできるかもしれません」

「え、僕が知りたいこと？　べつに、知りたいことなんて、ありませんけれど……、ああ、そんなことないか、散香のエンジンがこの次、どうなるのか、知りたいなあ。でも、機密ですよね？」

「いえ、そんな分野は、私は専門外です。たとえば、そうですね……。サガラ・アオイさんをご存じですよね？」

「サガラさん？」僕は少し警戒をして、表情に出ないよう、そのまま黙った。

「クサナギさんの、幼馴染みだったって、知っていましたか？」

「本当ですか？」

「はい。同郷で、同じ歳のはずです」

「へえ、それは知らなかった」

　僕は目の前の男をじっと睨んだ。そんなに悪い人間には見えなかった。彼はポケットからハンカチを出して、汗を拭《ぬぐ》い始めた。僕は窓から店の駐車場を眺めた。杣中は何に乗ってここへやってきたのか、と思ったからだ。

　もちろん、相良《サガラ》と草薙が幼馴染みだからといって、特に僕には影響がない。草薙はそれを隠していたのだろうか。否、必要がないから言わなかっただけだろう。見たところは、草薙の方がずっと若く見えるけれど、それは彼女がキルドレだからだ。

ただ、草薙は僕に、もう相良に会わないようにと要求した。たぶん、自分の過去を知られたくない、という理由だったのだろう。これで、多少は筋が見えてきた気がした。そういう意味では、杣中がもたらした情報は、それなりに価値がある。

「どうも、ありがとう」僕はそう言うと席を立った。

壁際へ行き、マガジンラックに雑誌を戻す。それからカウンタに近づき、マスタに金を支払った。レジは入口の方だが、そこまで彼が出てくる苦労を省いたつもりだ。

再びテーブルへ戻って、椅子の背に掛けてあったマフラを手に取った。

「あの、もうお帰りになるのですか?」杣中が腰を浮かせてきいた。「お話がまだ……」

「まだ?」僕は振り返って彼を見据える。

「まだ、その、終わっていないといいますか、えっと、いえ、せっかくですから、もう少しお話が伺えれば、と思ったのですけれど」

「うん、でも、なにも話すことがありませんし、それに、知りたいこともありません」

「そうですか……」彼は落胆した表情を隠さなかった。

「今日は、もう戻らないといけないんですよ。時間が」

「ああ、そうですか、すみませんでした。では、また、この次の機会に、是非……」

僕は彼を見るのをやめて、出口へ向かって歩いた。後ろを追いかけてくる足音。でも、振り返ることもなく、ドアから外へ出た。

「クリタさん」呼び止められる。

　しかたなく立ち止まり、僕は振り向いた。

「クサナギさんのことが、その……、私は、心配なんです」

　僕は黙っていた。なにかを尋ねられたわけでもない。頼まれたわけでもない。話したいこともない。そもそも、この男は会話をしようとしているのか、それさえも疑問に思えてきた。

「なんとか、彼女を、その、救ってあげたい、いいえ、言葉が不適切ですね、どういったら良いのか……」

「僕に用件がありますか？」

「どうか、いずれ、ゆっくりとお話をさせて下さい」杣中は頭を下げた。「お願いします」

「価値があるならば」僕は答えた。

　彼は頷く。もう言葉は出てこなかった。

　僕は、車まで歩き、冷たいシートに座った。エンジンを始動。

　ステアリングも冷えていた。それでも、砂利が鳴って、車は動きだす。店の前のステップに、まだ彼が立っていた。

　車は道路に出て、基地の方角へ走る。対向車もない。バックミラーにも、遠くへ吸い込まれていく風景だけ。

心配か……。

僕は考える。

あの男は、きっと草薙水素が好きなのだ。

それだけのこと。

心配だなんて、引出の奥に仕舞《しま》ってあったみたいな上品な言葉を持ち出してきたけれど、心配している姿を、草薙に見てほしいのだ、きっと。

結局、大人って奴は、自分が好かれたい、という動機しか持っていない。だから、自分を好きになってくれる可能性のあるものにしかアプローチしない。そういうふうにできているのか、あるいは、そういう気持ちしか、働かなくなってしまったのか、ようするに、ほかのいろいろな感覚が錆びついてしまった、ということだろう。

虫を触ったら面白いとか、草の根っこを引っこ抜くとすっとするとか、高いところから飛び降りたら気持ちが良いとか、そういった感覚を、すべて自分には無駄なものだと処理してしまった。その結果できたものが、つまり大人だ。そういうのを、大人しい、というのだろう、たぶん。

では、自分にとって無駄でないものとは何か。それは、自分に利益をもたらす対象だけ。自分を好いてくれて、自分に快楽を与えてくれるもののみ。それだけが生きる目的になる。

それが、女だったり、金だったり、それとも名誉だったり。

ああ、なんてつまらない。

さらに輪をかけてつまらないのは、女といっても、つまりは外側の形だけのことなんだ。金も名誉も、つまりは自分が思いどおりに他人を動かせるというだけの上辺《うわべ》だけの効果なのだ。

でも、悪いわけじゃない。

杣中だって、きっと良い奴だ。

多少下品なだけで。

放っておけば良い。無害だ。

タイヤがごろごろと転がって、センタラインがときどき途切れる道を走るうちに、少し落ち着いてきた。もしかして、自分は腹を立てていたのだろうか、と思い至った。

もしそうならば、何に腹を立てたのだろう?

大人の下品さ?

否、そんなものは、枯れた雑草や蜘蛛《くも》の巣くらいどこにでもある平凡。少々見苦しくても腹が立ったりはしないはず。

何だろう?

草薙が絡《から》んでいるせいだろうか。

きっとそうにちがいない。

けれども……、

僕にはわからない。何故、草薙のことで自分が腹を立てなければならないのか。現に、今はその感情も消えてしまった。

もう、やめておこう。

考えたところで、複雑になるだけ。

とにかく、地上にある関係は、すべて縺《もつ》れているのだから。

episode 2: immelmann turn

But in middle age, because of the false assumption that it is a period of decline, one interprets these lifesigns, paradoxically, as signs of approaching death. Instead of facing them, one runs away; one escapes —— into depressions, nervous breakdowns, drink, love affairs or frantic, thoughtless, fruitless overwork. Anything, rather than face them. Anything, rather than stand still and learn from them. One tries to cure the signs of growth, to exorcise them, as if they were devils, when really they might be angels of annunciation.

第2話　インメルマンターン

しかし中年に達した時、それが衰弱の時期だという間違った考えから、我々はそういう人生上の兆候を死が近づいて来る印のように解釈する。それを真面目に取上げる代りに頬被《ほおかぶ》りをするのであって、精神的な沈滞や、神経衰弱や、酒や、恋愛や、或いは度外れに烈しい仕事振りに逃げ道を求める。どんなことでも、中年の兆候に面と向って、それに教えられるよりはましなのである。こうして我々はそこまで我々が成長した印を消そうとし、それが悪魔ででもあるように追い払おうとして、それが実際は御告げの天使であるかも知れないことは考えない。

I

側溝の底で落葉を閉じ込めた氷が午後になっても残っていた。夕方に僕と土岐野《トキノ》は飛び立った。一気に高度を稼いで、南へ百キロほど行く。その後、四発の飛行艇の護衛任務で、しばらく真っ直ぐで退屈なフライトだった。航続距離の半分ぎりぎりの地点で、空母から上がってきた連中と交代して、僕たちは帰路についた。燃料以外に心配の少ない任務だった。

　ところが、基地に近づいたときにトラブルが起こった。コンプレッサの故障かと思ったけれど、どうやら温度センサが狂ったらしい。エンジンがオーバ・クールになりつつあった。

「凍ったのか？」土岐野が無線できいてきた。

「いや、それだったら、逆だ」

「ああ、そうか……」

「とにかく、高度を落とす」

幸い、陸地の上だったし、既に安全地帯で、基地とも土岐野機とも話すことができた。

「OK、つき合ってやるよ」土岐野が言う。「もう少しだ」

五百まで下がった。エンジンの回転を落とすと危なそうだったから、フラップを下げ、機首を持ち上げて、スロットルを開き気味で飛んだ。今度は燃料が心配になってくる。

「どうだ？　もちそうか？」

「わからない」

心の準備はできている。万が一のときは、機体を捨てて脱出するか、あるいは、降りられそうな場所を探して着陸を試みるか。当然ながら、僕は後者を既に選択していた。だから、下ばかり見て飛んだ。日は既に沈んでいるものの、明るさは充分に残っていた。どこに何があるのかは見える。少しでも広い平面を見つけると、もう諦めてあそこへ降りようか、と考えた。できれば、草原が良い。でも実際には、そんな滑《なめ》らかな地面なんてないものだ。凹凸《おうとつ》があって、樹や岩があるだろう。それよりも確実なのは河原か、あるいは道路か。

エンジンが止まりそうになった。プロペラが吹っ飛ぶんじゃないか、というほど揺れた。後ろでぱんという小さな爆発音。スロットルを騙《だま》し騙し操作する。飛んでいるというよりも、エンジンの機嫌を取るためにここにいるみたいだ。

「このままだと、ガス欠の方がさきかも」メータを見ながら僕は言う。

「道路に降りた方がいいな」土岐野が言った。「あの森の向こうだ。もう少しで、いつも通っている道だ」

「ああ、知ってる」

「あそこなら降りられる」土岐野が言った。「俺が前を飛んで、自動車をどけてやるよ。どうせなら、明るいうちに降りた方がいいだろう」

エンジンを吹かして、旋回する。高度を少し上げてから、進路を修正。回転を下げるときが危ない、本当に止まりそうだ。この不規則な振動で、ほかのどこかが故障するんじゃないか、と心配だった。

土岐野が基地に連絡をしてくれた。燃料がなくなれば、燃える心配がないから、むしろ安全だ。滑走路以外のところに降りたことは、僕には経験がない。でも、まったく心配をしていなかった。不思議なほどだ。それよりも、降りた場所から、基地へはどうやって帰ろうか、と考えたくらいだ。すぐに迎えがくることに思い至って、思わず吹き出してしまった。それはそうだ、飛行機を回収しなければならない。どうやって運ぶのかな。そんなことまで思い巡らす。

例の道を確認した。旋回して、アプローチをしようとしたところで、エンジンが最後にぱんと音を立てて止まった。

急に静かになる。高度は四百。ショートカットするしかない。一気に高度を落とす。勢いをつけたところで、最後の旋回に入る。

「失速させるな」土岐野が言った。

斜めにスライドしたまま、電信柱をかすめ、道路の上に出たときには、高度は二十もなかった。

ギア・ダウン。

土岐野機は上にいる。自動車のヘッドライトは見えなかった。この道で車を見ることなんて滅多にない。

フラップ・ダウン。

ラダーとエルロンで、機体を真っ直ぐに修正。

これを左右に繰り返す。

もう少し。

じわじわと下がった。

道はまだ真っ直ぐ。

障害物もない。

もうすぐ。

右のタイヤが接地。

浮き上がった。

もう一度、右が接地。
ごうごうと大きな音。
左も接地。
転がる。
機体が躍った。
道路ってこんなに凸凹《でこぼこ》か、と思う。
機首を下げる。
前輪がタッチ。
ブレーキ。
二回、跳びはねた。
ラダーを両足で必死に操作する。
もう両手がすることはない。
操縦桿を前に倒しているだけ。
「上手いもんだ」土岐野が言った。
早く停まってくれ、と願う。
前方にヘッドライト。
自動車が来た。

でも、たぶん、こちらが見えているだろう。

後ろを振り返ったが、残念ながら見えない。もっとも、こんなスピードに追いつくやつはいないだろう。

だいぶゆっくりになった。

もう自動車並だ。

前方の車は路肩に避《よ》けて停車している。

その車を左に見ながら、行き過ぎる。

最後は、できるだけ右に寄せて停まった。

「停まった」僕は報告する。

「最高だ。フーコに迎えにきてもらうか？」

「そんなわけにいかないよ」

「すぐに迎えが来るから、そこでじっとしてろよ」

「了解」

土岐野機は、もうどこにいるのかわからなかった。僕が想像していたより、地面から見上げた空はずっと暗い。音が遠ざかっていったから、基地へ向かったのだろう。

風防を開けると、湿った地上の空気が侵入した。ゴーグルを外し、スイッチ類をすべて切る。燃料はほとんどゼロだった。

ベルトを外すのに手こずった。急に手が不器用になったみたいだ。それとも、なにか引っかかっているのだろうか。

「いてて」手を引っ込める。

ストッパのカムが指の先に当たった。しかし、金具は外れた。

外に顔を出す。後ろを振り返った。路肩に停まっていた車はもういなかった。びっくりして逃げたのか、それとも、関わりたくなかったのか。

首の後ろが少し痛い。頭痛かもしれない。

立ち上がって、主翼の上に出る。そして、地面に飛び降りた。後ろへプロペラを見にいく。異常なし。下を覗いて、足回りを確かめた。支柱が曲がっていないかと心配していたが、大丈夫だったみたいだ。

風がかなり冷たい。襟《えり》を立てて、周囲を眺める。道路には、前方も後方も、車のライトは見えない。まだ、遠くまでなんとか見えるぎりぎりの明るさだった。ここは、どこらへんかな、と考える。なにしろ、ずっと同じような風景なのだ。川の手前であることは間違いない。基地から四十キロくらいの距離だろうと想像した。土岐野が言ったように、フーコの家の方が近い。そう考えて、自然に振り返ったとき、ライトが二つ近づいてくるのが見えた。

2

僕の前に白い小型トラックが停まった。運転席のドアが開いて、茶色いブーツ、そしてスカート、という順番で女が地面に降り立った。

「クリタさん？」名前を呼ばれて、僕はようやく彼女の顔にピントを合わせた。「どうしたの？　演習ですか？　それとも……、もしかして不時着？」

「良かった。墜落って言われなくて」僕は微笑んだ。

そう答えてから、名前を思い出す。えっと、何ていったっけ。そう、草薙から聞いた名。でも、出てこない。こんな緊急時だし、それに彼女が現れることなんて、全然予期していなかった。そうか、そういえば、この近くなのだ。しかし、草薙が彼女には会うなと言った。プライベートなものとはいえ、一応、上司の命令だと僕は受け止めた。けれどこの場合、僕から彼女に会いにいったわけではない。飛行機の故障は不可抗力だし、彼女がここへ現れたのも単なる偶然だろう。追い払うわけにもいかない。もう会ってしまったのだから。そんな理屈をあれこれ僕は考えていた。

「怪我は？　大丈夫ですか？」

「ええ、全然」そう言いながら、僕は指を口にくわえた。「ベルトを外すときに、指先を切ったみたいだけど。でも、これだけ」

彼女は溜息をつく。それから飛行機をじっと見据えた。僕も散香《サンカ》を見た。もうあたりは暗くなっている。とても静かだった。

「連絡は？」彼女がきいた。「家に戻って基地に電話をかけましょうか？」

「一緒に飛んでいた奴が連絡しています。すぐに、迎えが来ると思う」

「寒くありません？　そう、私のトラックへ、どうぞ」

「いえ、大丈夫ですよ」僕は答える。飛行服を着ているのだ。空の方がもっと寒い。

「でも……」彼女は両手で口を隠した。「私が寒いわ」

「ああ、そうか、すみません」

「温かいコーヒーがあります。召し上がりませんか？」

「トラックで？」

「ええ、トラックで」

僕たちは道路を横断して、彼女のトラックに乗り込んだ。彼女はすぐにエンジンをかけた。ヒータを効かせるためだ。あっという間に足許が暖かくなる。それから、彼女は躰を捻《ひね》って、シートの後ろを探し始めた。僕は窓の方へ寄って、その作業の邪魔にならないようにしていた。彼女の髪が、僕の間近で揺れた。

「あぁ、あった」水筒を取り出して、彼女はシートに座り直す。「少し冷めているかもしれませんけれど」

「どこへ行ってきたのですか？」僕は社交辞令で尋ねた。

彼女は僕を見て、一瞬だけ止まり、遅れて微笑んだ。白い歯が見える。

「海岸まで」それが答のようだった。

海岸までは十キロほどある。この近辺は岩場が多い。少し離れているが、漁港も二つほどある。そちらへ行った、ということかもしれない。トラックの後ろに、魚でも載せているのだろうか。そうか、鳥の餌にするのかな、と僕は想像した。けれど、後ろを振り返って荷台を見ることも、また、彼女に尋ねることもしなかった。

水筒の蓋《ふた》で僕はコーヒーを飲んだ。充分に温かかった。それに充分すぎるほど甘かった。きっと彼女が自分のために作ったものだ。運転席の彼女はというと、ドアを背にする恰好で、僕の方へ躰を向けて座っていた。じっと僕を見つめている。観察している、といっても良いくらいに。水筒には蓋は一つしかないから、二人が同時には飲めない。だから、半分ほど飲んだところで、コーヒーを返したのだが、彼女はそれを断った。

「私は、もう飲んだから」

まだ、外は静かだった。道を通る車もない。どれくらい時間が流れただろう。まだ、着陸して十分くらいかもしれない。でも、トラックに乗ってから、もう一時間も経過した感じがした。

僕は黙っていた。たぶん、草薙との約束を気にしていたのだろう。どこへ行ってきたのか、と質問してしまったときに、心臓が一度大きく打ったように思う。警告しているみたいに。

「大人しいわ」彼女が言った。「お疲れになっているのですね？」

「いえ……」

「どんな気分なのかな、飛んでいるとき、それから、また地上に戻ってきたとき」

「それは、いろいろですよ」僕は答える。答えてから、あまりにも突《つ》っ慳貪《けんどん》ではないかと反省した。「でも、飛んでいるときの方が、気持ちは良いですね。戻ってきて飛行機から降りると、たしかに躰が重く感じます。着ているものも重いし……。だから、早くこれを脱いで、シャワーを浴びて、眠りたい」

「今も？」彼女の目が少し大きくなったように思えた。

「ええ、そう」

「私の家へ、行きましょうか？　シャワーは使えます」

「ああ、違います。そういう意味で言ったのではない」

「あ……」彼女は、びっくりした顔で口を小さく開ける。片手を持ち上げてその口を隠した。「ごめんなさい。あの……、私こそ、そんなつもりじゃあ」

僕はコーヒーがなくなった蓋を彼女に返した。彼女の白い手が、それを受け取った。

僕は前を向く。彼女から視線を逸《そ》らしたのだ。外はもうすっかり暗い。その闇の中に、僕の散香。そして、背後の森林のシルエットが、かろうじて空の明るさを示していた。月があるのだろうか。星は出ているだろうか。

フロントガラスには、ワイパの跡が残っている。綺麗ではない。彼女の家に比べれば、綺麗ではない。ダッシュボードには、レシートを挟んだマグネットのクリップ。シートの下では、乾いた音のエンジン。ラジエータが温めた空気。

土岐野はどうしたかな。もう基地へ着いたにちがいない。救援はどこらへんを走っているだろうか。

彼女の手が、僕の手に触れた。僕の手は、シートの左端に落ちていたらしい。思い出した。さきほどまで、機嫌の悪いエンジンを撫《な》でていた手だ。その手が、まだそんなところにあった。彼女の手はオイルみたいに温かかった。僕の手が冷たいのかもしれない。

「クリタさん」

「え？」僕は彼女の方へ顔を向けた。

「お話があります」彼女が言う。

僕は黙っていた。何と言えば良いだろう？　どんな話なのか聞いてみなければわからない。わからないのに、聞きたくない、とは言えない。それでも、彼女の口から発する言葉を、今はあまり聞きたくなかった。そんな予感がした。右手の親指が少し動いたかもしれない。それは、機銃を撃つ指だ。

僕は彼女の唇を眺めていた。

白い前歯が少し見えて、すぐにまた隠れる。

草薙《クサナギ》水素《スイト》の話だろう、きっと。二人は幼馴染みだと聞いた。それを言ったのは、そう、あの新聞記者。

「きいても良いかしら?」

「何をですか?」

「あなた方にとって、命とは何ですか?」

笑ってしまいそうになった。あまりにも、変な質問だったからだ。魔術師の帽子から鳩が飛び出るようなものだ。どうして、今、そんなところから、鳩を出すのだ?

「どういう意味ですか?」

「歳を取らないことが、私には想像できない。普通の人間には想像ができないことです」

「想像する能力は同じです」

「ええ、でも……」

「単に新しいものだからでは?」

「そうかもしれません」

「僕たちは、年寄りを沢山見ているから、歳を取ることが想像できます。でも、それは外面的なこと。自分が歳を取ったとき、どんなふうに感じたり、考えたりするかは、誰にだって未知の領域だと思います」

「ええ」彼女はゆっくりと頷いた。「今のままでいられる方が、将来が想像しやすいでしょう。そういう意味ね？」

「うん、そうかな」

「もし、歳を取るようになったとしたら、どう考えるでしょうか？」

「どういう意味ですか？」僕はきき返した。

「キルドレ……、あ、この言い方、もし気に障《さわ》ったら謝ります」彼女は僕を見た。僕は無表情で首をふった。まったく気にならない。何故、そんなことを気にするのかさえ理解できない。「つまり、もしキルドレではなくなったら、どう感じるのか、ということがききたいの」

「さあ……」僕は少しだけ首を傾けた。「わかりません。そんなふうになったこともないし、なると想像したこともない」

「それは、私たちが、永遠の命を想像できないのと、同じかしら？」

「わからない」

「たとえばね、キルドレではなくなる薬があったとしたら、どう？」

「どうって？」

「たとえば、クリタさんならば、それを飲む？　キルドレでなくなることを選択しますか？」

「しないと思う」

「それは、何故？」

「飛行機に乗っていたいから」

彼女は僕を見据《みす》えたまま小さく頷いた。

僕は、彼女がどうしてそんな質問をするのか、それを必死で考えていた。この状況はいったい何だろう？　しかし、まるで想像ができないのだ。そもそも、彼女は何者なのか。その基本的な部分が、僕には情報不足だと気づいた。

「質問をしても良いですか？」僕は逆に尋ねた。

「ええ、もちろん」彼女は一瞬の人工的な笑みを浮かべる。「何故、こんな話をしているのか、ということ？」

「それもありますけれど、まず、その、今のような話題が、あなたとどう関係するのか、と思って……。えっとつまり、単なる興味本位とは思えないから……」

「興味本位かもしれない」彼女は答えた。「でも、これが私の仕事なの」

「仕事？　仕事って……」

「そういう研究をしているのよ」

「研究？」

「ええ、それが私の仕事です」

「どんな研究？」

「うーん、そうね、生物医学の一分野というか」

どんなものなのか、僕には、具体的に想像もできなかった。それに、彼女がそれを仕事にしている、という意味も理解できない。仕事というからには、誰かが彼女に賃金を支払っていることになる。

「どこかの研究所に？」

「まえはね」彼女は頷いた。「今はフリー。でも、政府の研究補助を受けているわ」

「へえ、凄いんだ」

「どうかな……」彼女はまた例の作り笑いをする。以前に会ったときには見せなかった顔だ。

「それで？」

「クサナギ大尉のことで、私は、その……、友人として、そして科学者として、心配をしているの。だから、クリタさんに協力をお願いしたい、ということです」

「どんな心配？　どんな協力？」

車の走行音が聞こえた。後方だ。彼女がバックミラーを見た。僕は後ろを振り返る。ライトが近づいてくる。一台ではない。

「お迎えが来たみたい」彼女は言った。「私は立ち去った方が良い？」

「わからない」

「クサナギ大尉は、あなたに私と会わないようにって言わなかった？」

「答えられません」

「やっぱり、そう」

「何が？」

「降りて」彼女はもう無表情だった。とても冷たい口調に感じられた。「また、今度、ちゃんと続きを話します」

「いつ？」

「いつでも」

僕は、彼女のトラックから降りた。ドアを閉めると、トラックは道路へ出て、そのまま走り去る。反対側から近づいてきたライトで、僕の周辺は明るくなった。

3

二時間後には、僕は基地へ戻っていた。僕の飛行機はまだ帰ってこない。草薙は出かけていて不在だったので、その点では拍子抜けだった。

食堂で土岐野と会って、仲間も何人か集まって、三十分ほど話をした。見事な着陸だったと褒められたけれど、僕にはそんな意識はまるでない。どちらかといえば、飛行機を基地まで戻せなかった責任をどう取れば良いのか、という気持ちの方が強かったからだ。

草薙が基地に戻ってきたのは十時過ぎで、それは車の音でわかった。土岐野はもう眠っているし、僕もベッドで毛布を被っていた。部屋の照明はまだ消していない。しばらくすると、思ったとおり、足音が近づいてきて、ドアがノックされた。

僕はベッドから出て、ドアを開けにいく。鍵はかかっていない。ドアを開けると、コートを着た草薙が立っていた。

「寝ていた?」彼女はきいた。

「いいえ。寝るところでしたけれど」

「報告は明日にする?」

「いつでも」

「じゃあ、五分後に、私の部屋へ」

「わかりました」

土岐野は起きなかった。着替えをしてから、宿舎を出て、事務棟へ向かった。外はもの凄く寒い。食堂の照明も既に消えていた。

階段を上がっていくと、ドアが開いていた。開いたドアをノックしようとしたけれど、部屋の奥、デスクの横に立っている草薙が、既にこちらを見ていた。

「失礼します」僕は部屋の中へ足を踏み入れる。「ドア、閉めた方が良いですか？」

「そうだね。寒いし」草薙は答える。

ソファの横で僕は立ったまま待った。草薙は、手に持っていた書類をデスクに置いてから、こちらへ出てくる。掛けるように、と片手を差し出し、自分もソファに座った。いつものように、脚を組む。黒いブーツだった。

「だいたいは聞いている」彼女は言った。「会議があって、行けなかった」

「飛行機はいつ戻りますか？」

「今夜中に」彼女は答える。「今頃、作業をしている」

「良かった」僕は頷いた。

「的確な判断だった」

「トキノの判断です」

「うん」草薙は頷く。「付近の人間が、誰か見にきた？」

「ええ」

「トラックがいたそうだが」

「はい」僕は頷いた。隠すことはできない。「えっと、例の彼女です」

「彼女？」目を細め、草薙は顎《あご》を上げる。二秒後に目を一度瞑《つむ》った。そしてまた僕を見る。

「サガラか？」

「はい」

「そうか、あの近くか」

「偶然、道を通りかかったようです」

「だから、さっさと逃げたってわけだ」

「え？」

「私が来ると思ったんだろう」

「どうして、逃げる必要があるのですか？」

「さあ……、ま、嫌われているってことかな」

沈黙。僕は草薙の左足のブーツの爪先《つまさき》を見ていた。それがテーブルに触れそうだった。

「何を話した？」彼女がきいた。

「え？」

「話をしたのでしょう？」

「ええ、しました」僕は顔を上げる。草薙の重い視線を受け止めた。もう一度尋ねられたら、正直に、否、正確に話そう、と既に決心していた。

「クリタには関係がないことだ」草薙の声は少し小さくなった。口から出るのに、多少の抵抗があったような、引っかかりを感じた。

「はい、そう思います」

「明日、飛行機を確認して、レポートを出して」彼女は立ち上がった。

僕も慌てて立ち上がる。そして敬礼をした。

草薙はデスクへ戻っていく。僕はドアへ直行し、彼女をもう一度見ることもなく、退室した。

外の寒さは、少しだけ優しくなったように感じられた。もうすべてが寝静まっている静けさ。しかし、まだそんなに遅い時刻ではない。部屋へ戻ると、土岐野が起きていて、デスクの椅子に腰掛けて煙草を吸っていた。できるだけ静かに、音を立てないように階段を上がってきたのに。

「何をきかれた？」彼にきかれた。

「いや、特になにも」僕は答える。「飛行機は今夜のうちに戻ってくるって」

「それだけ？」

「それだけ」

「ふうん」土岐野は大量の煙を天井まで吹き上げる。「にしては、なんでクサナギ氏、ここまで呼びにきた？」

「さあね」

「明日だって良いだろうに」彼は煙草をくわえ、火が赤くなった。「それに……」煙をまた横へ吐き出す。「なんで、俺じゃないんだ？ 報告をきくなら、まず俺だろう？」

「そういえば、そうだ。たぶん、僕が出たからじゃないかな」

「うん。寝てたからな」

「寝てた？」

「起きたけど」

「まあ、べつに大したことなかったよ。明日、飛行機を確認してから、レポートを出せって」

「怒ってたか？ それとも、上機嫌？」

「どうかな、べつにどちらでもなかったけど」

「うーん、そうか」土岐野はデスクの上の灰皿で煙草を叩いた。「まあ、人生いろいろだな」

「どういう意味？」僕もデスクの椅子に腰掛けた。もう目が冴《さ》えて、とても寝つけそうにない。躰も疲れていなかった。

「冷えるなあ」土岐野が言った。「飲まないか？」

「いや、やめておく」僕は即答する。

「それとも、ちょっと、そこまでドライブとか」

「今から？」僕は息をもらした。そうか、飛んだばかりなのだから、今夜は非番だ。外出はできる。「でも、飛行機が戻ってくる」

「それは、俺たちの仕事じゃない」

「まあね」

「明日の朝に確認をすれば良いだけだろう？」

「うん」僕は頷く。そのとおり、整備士のレポートにサインをすれば良い。それだけだ。飛行機を見なくてもできる。

「朝までには戻って来られるさ」

「どこへ行く気？」

「そりゃ、お前……」土岐野はにやりと笑った。「決まってるだろう」

4

駐車場から見たとき、事務棟の二階の照明は既に消えていた。車は土岐野が運転してくれた。僕が不時着をしたから、それに対する労《ねぎら》いの意味だったのかもしれない。僕は助手席でぼんやりと真っ暗な風景を眺めていた。カーラジオが音楽を聴かせてくれるので、二人はほとんど話さなかった。

「億劫《おっくう》なもんだな、車ってのは」土岐野が前を向いたまま言った。「何がいけないんだ？」

「たぶん、ロールしないからじゃないかな」僕は言った。

「ロール？　背面になる気か？　そうじゃないだろ。違うな。もっと根本的に、こいつは間違ってるんだよ」

「どうして？」

「うーん。たとえばな、道があるだろ？　わざわざ自動車のために作った道だ。それなのに、ハンドルを切らないと、道の上をちゃんと走らねえってのは、どういう了見なんだ？」

「線路みたいにしたら良いってこと？」

「そうそう。そうだ。地上を走るんだったら、それが道理ってもんだと思うな。少なくとも、道ってのは、そういうもんだ」

「海や空でも、決まった道を飛んでいる連中もいるよ」

「ああ、定期便ってやつか。そう、あれも億劫だろうな」

「退屈ではあるかもね」

「ほら、ぐにゃぐにゃ曲がった道を、ジープとかで走るゲームがあるだろう？」

「どこに？」

「知らないか？　ゲームだよ。コインを入れて、ちょっとの間だけ動くやつだよ」

「ああ、おもちゃの自動車に棒がついてて」

「そうそう、あれだ。子供のときにやったか？」

「いや、見てただけ」

「見てた？ 誰がやるのを？」

「親父がやって見せてくれた」僕は答える。「僕は、それを見ていた。まだ小さかったから」

「へえ、おぼっちゃんかよ」

「うん。そうかも」

「とにかく、あんなに難しくないだろ、実物の車の運転は」

「ああ、そうかもね」

「ゲームの方が難しいってのは、おかしな話だと思わないか？」

「うん」

「飛行機のゲームもあったかな」

「あるよ。機関銃を撃つやつ」

「あれは、飛行機の操縦はしない」

「そうだね」

「それも、親父がやって、見せてくれたのか？」

「いや。うーん、でも自分でやったことはないな。人がやっているのを見たことがあるだけで」

「俺なんか、見たら絶対やった。やるまで、そこを離れなかった口だな」

そんな会話をした。

外は真っ暗で、ヘッドライトの先にしか世界はなかった。雲の中を飛んでいるような感じで。最後に山道を上って、目的の館に到着した。その建物は、ほんのりとライトアップされている。看板はないし、表札もないけれど、普通の家ではないことは雰囲気でわかるようになっている。

玄関ホールはもう煙と音楽と、揮発したアルコールがねっとりと充満していた。

「まあまあまあ」色の黒い女がすり寄ってきた。「こんな時間に珍しいじゃないの、お二人さん」

「ああ、暇そうだな」土岐野が言った。

「悪かったわね。フーコなら、あっちにいるわよ」通路の方へ煙草を振った。「そうそう、道路にさ、飛行機が降りたんだって？　もしかして、ここへ来ようとしたとか？」

「俺じゃない、こいつだ」

「あら、まあ、そう！　ちょっと、みんなぁ！」

階段の前を通って、通路を奥へ入っていく。そこにバーがある。洞窟みたいに暗い。天井からコウモリがぶら下がっていても驚かないだろう。

カウンタの席にフーコがいて、眠たそうな顔でこちらを向いた。

「うわぁ!」彼女が目を丸くする。「オバケじゃない?」

テーブルの席は二つとも先客があった。土岐野がカウンタの席に座ったので、僕はフーコの向こう、一番奥の席に腰掛けた。

「ビール」土岐野が煙草に火をつけながら言う。

「クリタさん、何?」フーコがしわがれ声できいた。

「え?」僕はポケットの煙草を探していた。忘れてきたかもしれない。

「ビール、私も」いつの間にか、土岐野の向こうに座っている女がいて、彼女が高い声で言った。

「彼女、何ていうの?」僕はフーコに尋ねる。

「え、誰のこと?」

「トキノの向こうにいる子」

「ああ、誰だっけ」フーコは笑った。「よく見かけるけどね」

「それ、ジョーク?」

「私、声が悪い? さっき、言われちゃった」

「悪くないよ」

「ありがとう。そうだと思った。聞く耳がおかしいのよね」

「喧《やかま》しすぎるからじゃないかな」

「え？」

「音楽が喧しい」

「ああ……」口を開け、フーコは目を回した。「戦場みたいでしょう？」

「センジョーって？　ああ、戦争の」

「そうそう。話とかできないでしょう？」

「いや、知らない。飛行機に乗っているだけだから」

「エンジンとか、あと、鉄砲？　ばんばん煩《うるさ》いんじゃない？」

「話をする必要がないから、静かなのと同じだよ」

「話するの、嫌いだもんね？」

「僕？」

「ボクだって」フーコは笑った。

フーコが注いだソーダのグラスに僕は口をつける。ここで飲むと、どんな液体にもアルコールが染みているように感じる。汗にも涙にも血にも。だから、シーツだってアルコール臭い。床もアルコールで磨いているかもしれない。

土岐野はグラスをすぐにあけてしまい、煙草をもみ消してから、女と二人で出ていった。こちらを振り返らなかったのは、彼なりの礼儀だろう。意外にそういう律儀なところがある男だ。僕は、まだ煙草も吸っていなかった。

「ごめん、怒った？」フーコが言った。

「何を？」

「え？」

「クスミだよ」

「あの子の名前」

「ああ……」

「スカートが短すぎだよね」

僕はフーコのスカートを見た。視線を戻すと、フーコが笑っている。

「煙草ない？」僕はきいた。

「お願い、煙草ぉ」彼女はカウンタの男に言った。

箱を受け取ると、彼女の指が封を開ける。爪が銀色だった。箱から一本を抜き取り、自分の口にくわえる。マッチを擦《す》って火をつけ、その煙を溜息と一緒に吐き出した。そして、煙草を指で挟むと、僕の口へ運んだ。煙は今度は僕の喉を通る。ほんの少しだけ、喉に抵抗が残った。彼女の口紅がついていそうな気がしたし、喧噪《けんそう》も溶け込んでいるみたいな辛《から》い味だった。いつも吸っているやつじゃない。

「煙草吸ってるの、初めて見た」フーコが言った。「私ももらっていい？」

「うん」もう既にもらっているのではないか、と思ったけれど。

「もう行く？」

「どこへ？」

「どこへって、部屋へよ」

「いや、まだ……、煙草を吸っているし、ソーダも飲んでない」

「面白いよね、クリタさんって」

「そう？」

「真面目かも」

「不真面目だとは、自分でも思ってない」

「発音が綺麗だし」

「発音？」

「そう、なんかね、いいとこの人みたい」

「そうかな」

「優しいよね」

「どうして？」

「うーん、このまえ、それ思ったの。いえ、いつも思うわ。私が怒ってないってきくと、少し笑ってくれるし」

「笑うかなぁ」それは僕には意外だった。

「ほら、階段とこの絨毯《じゅうたん》を、このあいだ、直してたじゃない。降りてくるとき。捲《めく》れてたから」

「覚えてない」

「なかなかできないと思うの。育ちが出るのね」

「僕のうちは、階段に絨毯なんかなかったよ」

「召使いとか、ばあやとか、いなかった？」

「ベビィシッタが来てた」

「ほらぁ」

「何が？」

「いいなあいいなあ。私もお金持ちになりたい。ていうか、お金持ちの家に生まれたかったぁ。もう遅いんだよね。生まれることって、もうできないじゃない」

「死んだら、できるんじゃないかな」

「まあ……。本気でそう思う？」

「いや」

「本当に本当に生まれ変わるのかな。ねえ、どう思う？」

「どうも」僕は首をふった。まだ、煙草を片手に持っていた。

「嘘だよね。だって、本当に生まれ変わるんだったら、どうして、こんなに死ぬのが怖いと感じるの?」

「そんなに怖い?」

「怖いよう」

「忘れるからじゃないかな」

「忘れる? あぁ……、まえのときのことをね、あ、そっかぁ」彼女も煙草を吸っている。吸い込んで、ゆっくりと吹き出した。「でもねぇ。忘れて惜しいような人生でもないしぃ、どっちかといったら、やり直したいよ」

「生きてたら、それができない?」僕はきいた。

「え?」フーコは目を丸くする。「生きてて? 生きたままで? やり直しを? そりゃあ、どうかなぁ、無理だと思うよう」

「どうして?」

「私、声が悪いし」彼女はそこで咳き込んだ。カウンタの灰皿で煙草を消す。「ああ、ごめんなさい。喉がいけないのよね。どうしようもなく、逆らってるわけ、私にさ。みんなそうだ。声だけじゃないんだよ、もう……」

　そんなに気にしているとは思わなかった。特徴のある声ではあったけれど、べつに良いじゃないか。それに、声っていうのは、しゃべらなきゃ出ないものだし。エンジンの音のように、生きている間、ずっと鳴り続けているものでもない。そう言おうかと考えたけれど、黙っている方が良い、という意味に取られそうだったから、やめておいた。賢明な判断だと自己評価。

「ねえ、どこかへ行こうか？」フーコが言った。

「どこへ？」

「どこでも」

「これから？」

「うん、これから。駄目？」

「駄目ってことはないけれど」

「私の車でいいし、クリタさんのでもいいわ」

「外は寒いよ」

「車の中は暖かいでしょう？　二階の部屋よりも暖かいと思う。ベッドじゃないと駄目？」

「いや、べつに……」

「海とか見たいな」

「暗いだけだよ」

「そうかな。月が出ていたら、明るいんじゃない？」

「月なら出ている」

「本当？」

「ああ」

煙草を消して、残りのソーダを飲んでから、もう一度、コートを着た。フーコも二階へ一度上がり、オーバを着て階段を下りてきた。

「なんか、私、楽しそう」僕に飛びついて彼女は言った。「私の車の方が大きいよ」

「僕が運転するよ。しらふだから」

「ほら、そういうところが真面目なんだって」

そうかもしれない、と思える説得力があった。フーコは、ときどきまっとうなことを言う。ときどきだ。

外は寒かった。雲もなく、ほぼ円形の月が高い位置に浮かんでいた。たしかに、これなら海が見えるだろう。海なんて、そんなに見たい対象だろうか。下は限りなく全部が海、という状況を知っている僕たちには、どうも具合の良いものには感じられないのだが。

三十分ほど走って、海が見える道路に出た。車を停められる場所を探してしばらく走る。フーコは喜んでいた。はしゃいでいる、という感じかもしれない。僕よりもずっと歳上のはずなのに、可笑《おか》しかった。でも、全然悪くない。

ガードレールが途切れている場所があって、そこで車を停めた。窓を開けると、風がもの凄く冷たい。笑ってしまうほどだった。だから、外に出るのはやめておいた。フーコは、月を眺めるためにシートをリクライニングさせた。そのうち、膝を曲げて、足をシートの上にのせていた。その姿勢では、海はまったく見えないだろう。

エンジンはアイドリング。ラジオは雑音と音楽がフィフティ・フィフティ。でも、その雑音が波の音に聞こえるから、消さなかった。ほんのときどき、道路を車が走り抜けていく。みんな、海を見にきたとは思えない。もちろん月でもないだろう。こんな時間に何をしているのか。きっと、通っていった奴らも、停まっているこの車を見て、そう思ったにちがいない。地上っていうのは、止まることができる場所だ。エンジンを止めたって大丈夫。そこが空とは違う。

「ねえ、クリタさんさぁ」

「ん？」

「このままどこかへ連れていって、って言ったらどうする？」

「どこへって、尋ねる」

「そういう意味じゃなくて……。二人で逃げましょうってこと」

「何から？」

「うーん……」

「逃げたいの？」

「いろいろなものから。仕事とか、家族とか、街とか、ぇっとぉ、借金取りとか、友達とか、親とか、うーんとぉ、とにかく全部。なにもかも全部、捨ててしまって、二人だけで、新しい街へ行って、そこで、最初からやり直すんだ」

「何をやり直すの？」僕は尋ねた。何だろう？　本当にわからなかった。人生？　人生なんて、やり直せるものだろうか。

「そうだね……」フーコはくすっと笑った。「何だろう。駄目だよねぇ。歳くってるもんね、私なんかもう、全然……。若くはなれないもんねぇ。もうやり直せないよぅ」

「だから、何をやり直したいわけ？」

「何だろう。そんなの、わかんないよぅ……、でもさ、なんか今は違う。このままだと、絶対にどんどん違う方へしか行かない気がする」フーコの声が少しだけ震えていた。

そのときは、僕もシートを倒して上を向いていた。だから、顔を横へ向けて彼女を見ようとした。

フーコの顔がそこにある。すぐ近くに。白い顔だ。外のわずかな明るさが、彼女の頬の輪郭を綺麗に見せてくれる。

僕は片手を差し出す。その僕の手を、彼女の手が導いて、彼女の頬に触れさせた。濡れている。涙だろうか。

「泣いているの？」

「珍しい？」フーコがきいた。

「珍しい」僕は正直に答える。

「なんか、泣きたくなっちゃったよ」

「何故？」

「わかんないけどぉ」

「悲しいことがある？」

「そりゃあ、あるよ」

「どんな？」

「いっぱいある」

「それを思い出した？」

「違う」彼女は首を少しだけ動かした。「今が、悲しいんだと思う。昔のことなんか、どれだけ悲しくたって、涙が出るほど泣けないもの」

「でも今は、君の思いどおりじゃないか。海を見にこられたし」

「それは嬉しい」

「じゃあ、良かった」

「だけど、嬉しいことで、悲しいことって、消せないんだよね」フーコは言う。「なんでかな？」

「さあ」

「むしろ、よけいに悲しくなる」

「そう？」

「クリタさんは、悲しいことない？」

「どうかな」僕は考えた。考えるってことは、ないのかもしれない。忘れているってことは、悲しくないのかもしれない。

「あぁ、空が飛べたらいいなあ」フーコは溜息をついた。「乗れない？」

「乗れない。それは無理だよ。ジョーク？」

「ジョーク。ごめんなさい」

「大きな飛行機なら、乗れるじゃないか」

「クリタさんと二人だけで乗りたい」

「無理だと思う。僕の飛行機は、一人しか乗れないし」

「そう？　どこかに、こっそり入り込めない？　トランクルームとかないの？」

「ないよ、そんなもの」

「なにも持っていかないの？　着替えとか、あと、大事なアルバムとか」

「なにも持っていかない」

「そうか……、そうだよね、墜ちたら、みんななくなっちゃうもんね」

「うん」

「あ、ごめんなさい。私、あの、そういうつもりで言ったんじゃ……」

「良いよ、べつに」

「あ、だけどさ、爆弾とかを載せる場所があるんじゃない？　そこに、私を乗せてもらえない？」

「いや、爆弾なんか積まないから」

「なんか、下にぶら下げてるじゃない。私、見たことあるんだから」

「あれは、増槽《ぞうそう》。燃料が入っているんだ」

「乗れない？」

「乗れない」

「そう……」彼女はまた溜息をもらす。「駄目かぁ」

「爆撃機なら、乗せてもらえるかもね」僕は言った。「ルール違反だけれど、少なくとも乗れないことはない」

「いいわ。もう」

「諦めた方が良い」

「冷たいんだ」

「僕？」

「そう」

「さっきは、優しいって言われた気がするけれど」

「冷たくて、優しい」

「優しくはないよ」

彼女は躰を起こして、僕に顔を寄せた。唇が触れて、次に、彼女の手が僕の背中へ回った。

瞳が一瞬だけ外からの光を反射した。もう泣いていないようだった。少なくとも身近な希望を見つけたのだろう。

「私よりは優しいわ」フーコは囁《ささや》いた。

5

相良亜緒衣《サガラアオイ》に会ったのは、それから一週間ほど経った日曜日のことだった。

基地の駐車場でちょっとしたイベントがあった。なんとかフェスティバルという名称だ。そのなんとか、という部分は、チューリップだったか、チェリィだったか、季節はずれの変な名がついていて、それがボランティア団体の名称で、つまりそこが主催しているらしい、としか僕は知らない。

以前から行われているイベントで、もちろん、草薙の代に始まったものではない。彼女はこういうことが大嫌いだから、顔も出さないほどだ。地域住民との共生のために、こういったサービスが必要なのだろう。基地としては、場所と少々の電気を貸しているにすぎない。軽食の屋台が十軒ほど出店して、それ以外には古着などのフリーマーケット、それから子供を遊ばせる小さな遊園地みたいなものが仮設される。かなり大勢の人が集まるようだ。

基地の人間も半分くらいは、非番になる。僕もたまたま非番だったけれど、昼過ぎまでは部屋で雑誌を読んでいた。土岐野は出かけてしまっていない。部屋を軽く掃除したあと、空気を入れ換えるために窓を開けたとき、駐車場の方から人の声が聞こえてきたので、今日がその日だと思い出した。

一カ月ほどまえから、食堂にポスタが貼ってあった。べつに興味はなかったけれど、その日曜日には、車を遠い方の駐車場へ移さなければならない。一昨日だったか、土岐野が車を運転したとき、遠い方へ停めておこうか、ときかれたのだ。そういうことに気が回る人間は素直に尊敬できる。だから、車は大丈夫。すっかり忘れていた。

通路の灰皿をいつ掃除するとか、食堂が休みになる日がいつだとか、とにかくそういうことって、身近ではあるけれど、覚えられない。僕は子供のとき、明日が遠足だというのも忘れていたことがある。朝になって、偶然、鞄《かばん》の中にあったプリントを見て、母親が気づいたのだ。僕は叱られた。だけど、弁当を急いで作ってくれて、時間にもどうにか間に合った。それだから、朝になって今日が何の日か、と考えるたびに遠足ではないよな、と思ってほっとするようになってしまった。もしかして、遠足が嫌いだったのだろうか。そうかもしれない。みんなで一緒に行くなんて、楽しいとは思えなかった。僕が行きたいところへ行けるわけでもない。

学校の勉強は嫌いじゃなかったから、遠足の日にそれらがなくなることにも価値を見出せなかった。それは、運動会も、そして学芸会も同じだ。無理に楽しませようとしている先生たち、大人たちに、自由にしてくれたらもっと僕たちは楽しめる、と教えてあげたかった。

しかしそれも、今になって思えば、僕がこんな仕事に就《つ》いたからいえることかもしれない。なんていうのか、自分勝手に飛び回れる仕事だ。他人と協力することがあまりない職場といえるだろう。もちろん、ルールはある。けれど、一番肝心な作業の最中には、自分一人しかいない。

たぶん、少し掃除をしたおかげで気分が良かったのだろう。躰も温かくなっていたし、それに多少空腹でもあった。午後二時頃だ。昼食は食べていなかった。それで、そのチューリップかチェリィのフェスティバルを見物してこよう、なにか気の利いた珍しい食べものがあるかもしれない、と考えた。

ジャンパを着て、宿舎を出たら、中庭に彼女がいたのだ。

建物の周りには植栽のための段が作られている。そのコンクリートに彼女は腰掛けていた。スキー場へ行けそうな膨《ふく》らんだ白いコートを着ていた。彼女一人しかいない。そもそも、このあたりへは一般人の立ち入りは禁止されているはず。彼女は僕を見て、白い歯を見せて微笑んだ。

「どうして、ここへ？」僕は尋ねる。

「ここ、クリタさんの宿舎？」彼女も質問をする。

「ええ」僕は頷いた。

「守衛さんがいたけれど、クリタさんに会う約束があるって言ったら、入れてくれたの」

彼女は肩を竦《すく》めた。「ごめんなさい。本当は、飛行機が見たかっただけ。でも、格納庫は閉まっていて……」

「見つかったら、叱られますよ」

「ええ、そうね」

「あちらへ行きましょう」僕は駐車場の方へ誘った。

「ここは、まずい？　クサナギさんに見つかる？」

「彼女は、たぶん、今日はいないと思います」

「どこにいるの？」

「知りません」

「そもそも、彼女、どこに住んでいるのかしら？　基地ではないでしょう？」

「それも、僕は知りません」

「興味はない？」

「ええ」

　彼女は立ち上がった。そして、僕について歩いた。事務棟の方ではなく、倉庫の裏を通って、駐車場へ向かった。彼女が、そちらから来た、と話したからだ。関係者以外立ち入り禁止のロープが張られていて、ガードマンの男が立っていた。顔見知りだ。軽く頭を下げる。彼女が僕に会いにいく、と話したことは、これで立証された結果になる。僕はロープを潜《くぐ》って、広場の方へ出ようとした。しかし、それを彼女が止める。

「待って」

　僕は彼女を見てから、摑んでいたロープを放した。

　遠くに白いテントが幾つか立てられ、カラフルな旗が並んだワイヤがアルミの支柱を支えているのが見えた。子供たちの歓声が聞こえる。音楽も聞こえる。人の声。笑い声。誰かを呼ぶ声。呼込みの声。膨らんだスカートの女の子や、縞模様のズボンを穿いた売り子がいるだろう。手を叩く音。笛が鳴る。いろいろな音が聞こえてくる。

　けれどたしかに、近づきたい対象ではない、と直感できる雰囲気を僕は感じていた。彼女もそうなのか、と想像する。彼女はそちらを見ようとしない。後ろを向いていた。僕たちは、寒い木陰に立っていて、彼女は誰にも見られたくない様子だ。コートのフードを頭に被り、ポケットからサングラスを出してかけた。そんなものをかけるところを見たのは、これが初めてだった。

「サガラさん」僕は彼女の名前を思い出した。

「嬉しい。名前を覚えていてくれたのね」彼女の口が微笑んだ。

「その格好は？」

「寒いから」

僕は鼻から息をもらす。笑ったみたいに見えたら嬉しい。

「あの……、自分は、クサナギ氏から、あなたに会うなと言われています」僕は正直に打ち明けることにした。どんな場合にも、常にそれが一番簡単なのだ。

「何故？」

「理由はわかりません」

「そう……」

「どうしてですか？」僕は思わずきいてしまった。しかし、口に出してからすぐに後悔した。「いえ、理由が知りたいとは思いません。僕は、あなたをここまで連れ戻した。基地の敷地内に理由もなく入ることはできません」

「理由は言ったでしょう？」

「僕は約束はしていない」

「ええ、それは謝ります」彼女は頷くように頭を下げた。僕は周囲を確認した。まるでコクピットから見るように。二人でいるところを誰かに見られたくなかった。特に草薙には。

「だけど、あなたに会うために入ったの。どうしても、あなたの協力が必要なのです」

「協力？」

「ええ、そう。もうあまり時間がないわ」相良も後ろを振り返ってから、サングラスを外した。「私、もうあの家には戻れないの。ある組織が、ある情報を隠蔽しようとしている。彼らは、私がそれを知っていると考えている。だから、逃げなければならなくなった。もしかしたら、ここへもやってくるかもしれない」

僕は驚いた。彼女の顔を見据えて、それが芝居なのか、それとも狂気なのか、あるいは単なる誇張の類《たぐい》なのか、知ろうと思った。相良の瞳は、真っ直ぐに僕を捉えたまま、微動だにしなかった。少なくとも、自分を信じている目だ。そして同じように、他人にも信じてほしいものがある、と訴えている。その交換として、外界の明るさを受け入れるかのように無抵抗に開いた瞳孔。

「組織というのは？」

「警察のようなもの。国家的なもの」

「その情報を、あなたは持っている？」

「それは言えません。でも、私の父と兄は、それで捕まって、戻ってきません。行方不明です」

「僕に関係がありますか？」

「少しだけ」

「どんな？」

「あなたは、キルドレだわ」

「だから？」咄嗟《とっさ》に質問で返したけれど、僕は彼女の言葉にびっくりしたかもしれない。しかし、そういえば、このまえのときだって、その話をしたがっていたではないか、と思い出した。

「駐車場が見下ろせる場所がある？」彼女はサングラスをかけ直し、別のことをきいた。そして、建物を眺めてから、指をさした。「あそこは？」

「あそこも、宿舎だけれど」

「入れる？」

「誰が？」

「クリタさん」

「僕は入れる」

「連れていって」

サングラスのせいで、彼女のことが、舞台で台詞を口にする役者みたいに見えた。よく見ると、頬が窶《やつ》れたように見える。光のせいかもしれないけれど。

遠くからこちらを眺めているガードマンに片手を上げて、もう一度来た道を戻った。中庭を抜けて、途中で階段を上がって、隣の宿舎への渡り廊下に出た。窓から、駐車場の賑わいの一部を眺めることができた。

「ここでいい？」

「いえ、こちらではなくて、向こうの駐車場です」

建物の中に入って、暗い中廊下を歩いた。静まり返っている。基地ではこの宿舎が一番新しい。建物のほぼ中央に階段がある。そこを上がった。最上階の三階を過ぎ、僕たちは屋上へ出た。

眩しい中を、手摺の方へ彼女は駆けていった。僕は、反対側の管制塔の方角をまず見た。距離はあるものの、管制塔からなら、ここがよく見えるはず。誰か見ていないだろうか。

彼女のところへ歩み寄る。手摺越しに見下ろすと、下にフェスティバルのテントが並んでいた。しかし、彼女が見ているのは、遠くの駐車場だった。そちらには、車が沢山並んでいる。僕の車も、そのどこかにあるはずだ。土岐野が駐車したから、どこなのかは知らなかった。普段はこんなに沢山の車は駐《と》まっていない。

「クリタさん、目は良い？」彼女がきいた。

「たぶん」

「あの、一番向こうの列の、こちらから五台めくらいに、白いトラックがあるでしょう。ほら、出口の少し手前」

「ああ、このまえのトラックですね」

「黒い服の男が立っているわ」

「うん。二人いる」

「駐車場のこちらの木陰にもいるでしょう？」

「ええ」

「私がトラックに戻るのを待っているんだわ。たぶん、連れていかれて……」彼女はそこで、こちらを向き、手摺を背にして膝を折った。「もう、お終い」座り込み、両手で顔を覆う。「戻ってこられないわ。だから、今日が、クリタさんに会える最後になると思います」

「もし、それが本当なら、僕に説明なんかしていないで、どこかから逃げた方が良くないかな」僕は思ったことを素直に話した。

「ここからじゃあ、歩いては、どこへもいけない。すぐに見つかって、捕まってしまうわ」

「トラックに大事なものが載っている？」

「いいえ、なにも」彼女は指で自分の頭を示す。「大事なものは、全部、ここにあるから」

「僕にできる協力っていうのは？」僕は尋ねた。「聞くだけだよ。まだ、それをすると言っているわけじゃない」

「簡単……、いえ、そんなことはないわね。あぁ……」片手で額の髪を掻き上げる。一度僕を見据えてから、彼女は下を向いた。「駄目かも。あなたを巻き込むわけにはいかない」

「諦めるってこと？」

「わからない。歩いて、逃げられるかしら？」

「どこか、あてがあるわけ？」

「えっと、駅まで行ければ……、いえ、バスの方が良いかしら。とにかく、遠くへ行かないと。もちろん、匿《かくま》ってくれる友達はいるけれど」

「警察に出頭する、というのは？」

「同じ側だわ、警察は」

「うーん、よくわからないけど」僕は考えた。「つまり、僕が車を出すしかないってことかな。でも、僕の車も、あの駐車場に置いてある。どこにあるのか探さないとわからない」僕は手摺に躰を寄せて、駐車場を眺めた。樹木や建物があるため、駐車場のすべてが見渡せるわけではなかった。自分の車は見つからない。

「飛行機は、やっぱり無理？」

僕は思わず笑ってしまった。フーコが同じことを言ったのを思い出したからだ。

「飛行機の方が、ずっと目立つと思う」

「そうね……」

「あ、バイクが良いかも」

「バイク？　どこにあるの？」

「宿舎の方にあるし、あちらの、西口の方から出られます。駅まで送りましょうか？」

「どこか、ほんの近くでけっこうです。あとは自分でなんとかします」

「了解」僕は頷いた。

建物の中に戻って、僕たちは階段を下りた。通路を歩くのも幾分速度が増したように感じた。

建物を出て、格納庫の方へ向かった。土岐野はバイクで出かけているだろうから、借りるなら笹倉のバイクしかない。笹倉がいるかどうかが心配だった。彼がいなくても、キーが差されていたら、無断で借りていこうか、とも思った。この二人からは、バイクを借りたことが過去に何度もある。もし、笹倉のバイクも駄目な場合、その次は……、と候補を考えながら歩いた。

格納庫の横に笹倉のバイクはあった。シャッタは閉まっている。彼女を外に待たせて、僕はアルミのドアから中へ入った。笹倉の姿を、散香の後部のスタンドの上に発見する。カウルを取り外したエンジンを相手にしているようだ。

「ササクラさん、バイク貸してもらえませんか?」近づいていって、スタンドの彼を見上げて言った。

「いいよ。キーは差してある」モンキィを片手にした笹倉がこちらを向いた。「なんで? 車、故障かい?」

「そんな感じです」

「見てやろうか?」

「ええ、今度」

片手を上げて、僕は立ち去ろうとした。

「どこへ行く?」その声を聞いて僕はびっくりした。

草薙水素の声だった。散香の向こう側にいるようだ。僕は頭を下げてそちらを見た。ところが、人影は見えない。もう少し上から聞こえた気もしたので、次に見上げた。コクピットから彼女が顔を出していた。それは彼女の散香なのだ。

「いえ、ちょっと、コーヒーでも飲みにいこうかと」僕は答えた。

「嘘だ」草薙がふっと吹き出す。「慌てている。何年のつき合いだと思う?」

「いや、えっと……」自分に落ち着け、と声をかける。空中戦でもこんなに焦ったことはない。「まあ、個人的な用件だから」

「ふうん」草薙は両腕をコクピットの縁にのせ、そこに顎を置いていた。「そんな格好でバイクに乗ったら、風邪をひくぞ」

「あ、そうかもしれない」僕は頷いた。「でも、近くだから」

　片方の眉をつり上げてから、草薙は顔を引っ込めた。シートに座り直したようだ。こんな時刻に何をしているのだろう。誰かにオフィスの電話番をさせているはずだ。幾度か、僕もそれを頼まれたことがある。

　もう一度、笹倉の顔を見た。口を斜めにして、なんとか笑っている顔に見えないこともない、という複雑な表情だった。僕は、格納庫を出た。

　話し声が聞こえるとまずいので、外に出るとすぐに、待っていた相良に声を出さないようにジェスチャで伝えた。バイクを押していき、格納庫からは見えない位置まで来てから、中に草薙がいたことを話した。

「そう」相良は僕を睨むように見据えた。けれど、僕を見ているのではない。難しい判断を迫られている、そんな表情だった。「彼女に挨拶をしてきた方が良いかしら？」

「何故？」

「もう、会えないかもしれないから」

　僕は黙っていた。僕が意見を言う問題ではない。ただ、僕としては、草薙に今の状況が知れることは上手いやり方ではない、という気持ちがあったと思う。草薙は指揮官だ。一応の管理職である。僕のように無責任な行動を取るわけにはいかないだろう。たとえば、相良は警察から追われている人物かもしれない。その彼女の逃亡を助けようとしているのだ。

　だが一方では、草薙は相良のことを僕よりもよく知っているはずだ。今のこの状況も、草薙に伝えて、そうした上で判断を仰ぐことも悪くはないだろう。それに、現に、相良自身が迷っている。もし、相良が悪事を働き、僕を騙そうとしているならば、草薙に会うという選択はありえないはずだ。迷っていることで、つまり彼女の正当性が示されている。

僕はそう考えた。

「やっぱり、やめておこう」相良は囁いた。「面倒なことになるだけ」

「もう面倒なことになっているんじゃあ？」僕はきいた。

「いえ、クサナギさんが、ということ」彼女は言った。「巻き込みたくないわ」

「僕は？」

「もちろん、あなたも」

「でも、とりあえず、バイクには乗らないと」僕はそう言ってからエンジンをかけた。

　笹倉のバイクだけあって、一発で軽く始動した。

「寒いと思いますよ」そう言いながら振り返る。

彼女がシートに乗って、僕に躰を寄せてくる。

「大丈夫。サングラスをしているから」

サングラスで救われるのは、目だけだ、と言おうと思ったけれど、僕は前を向いて、バイクをスタートさせた。

6

基地を抜け出すことには成功したものの、とにかく寒かった。空でもこんなに寒い思いをしたことはない。そういえば、バイクを借りて運転したのはいずれも夏だったかもしれない。夏でも半袖で運転すると涼しすぎる、と感じたことを思い出した。僕の躰にしがみついている後ろの彼女もきっと凍えているだろう。手袋もしていなかったので、だんだん手の感覚がなくなってきて、これは危険だと感じた。

それでも、三十分ほどは走っていたんじゃないかな。橋を渡ったところで我慢ができなくなり、カフェの駐車場へ滑り込んだ。何度も来たことのある店だ。

停まってエンジンを切った。

「どうしたの？」彼女がすぐにきいた。「ここは？」

「ちょっと休もう」僕は言った。声が震えていたかもしれない。「寒くなかった？」

「寒かった」彼女は頷く。「でも、私は後ろだから、まだましだと思います。クリタさん、寒かったでしょう？」

「軽装すぎたなあ。手袋くらいしてくれれば良かった」

とにかく店の中に入る。信じられないくらい暖かかった。店には客は一人もいない。マスタがカウンタの手前で新聞を読んでいた。僕たちを見てから、奥へ行き、カウンタの内側に回ってきた。

「熱いコーヒー」僕は注文した。彼女の方を見る。

「私も」

「うちのコーヒーはいつも熱いだろ？」マスタが言った。

熱いと言ったのは躰が要求したからだった。僕たちはカウンタではなく、近くのテーブルの席に着いた。

「なんか、躰がじんじんする」僕は言う。「温泉に浸《つ》かっているみたいだ」

「温泉？」

「行ったことはないけれど」

「私のために、ごめんなさい」彼女はサングラスを外した。「ここで、もういいわ。あとはなんとかします」

「なんとかって、どうするの？」

「ここで、誰かが来るのを待って、お金を出して、駅まで乗せていってもらう」

「待っても誰も来ない。来ても、ろくな奴じゃない、きっと」

「じゃあ……」彼女は店の奥を見た。マスタのことを考えているのだろうか。

「マスタは、車は運転できない」僕は言った。「片目なんだ。見える方の目も、かなり悪いって」

「電話をかけて、誰かに来てもらいます」

「誰に？」

「誰か適当な人がいないか、マスタにききます」

じっと僕を見つめている彼女の瞳。西の窓の磨りガラスを、赤い日差しが照らしていて、それが小さくなって、彼女の瞳の中にもあった。この人は綺麗だな、と僕は思った。たぶん、初めてそう感じたみたいだ。

「大丈夫、コーヒーを飲んで躰が温まれば、また走れる。駅まで行けると思う」

「ごめんなさい。いえ……、ありがとう」

「ありがとうの方が、いいな」

「どうもありがとう」

マスタがコーヒーを運んできた。そのカップを僕は両手で包むようにして持った。彼女も同じようにした。それから、一度だけ微笑んだ。手の温もりが嬉しかったからだろうか。

マスタは、カウンタの内側へ隠れてしまった。見えないけれど、低い小さなソファがあって、よく彼はそこで眠っているのだ。

彼女がコーヒーを飲む。その唇の形を僕は確かめる。ものを飲むときに、人間の口がこんなふうに動くところを僕は初めて見た。こんな対象に関心を持ったことは一度もない。

「話さなければならないわね」彼女は呟《つぶや》くように言った。

僕はコーヒーに口をつけて、ただ黙っていた。僕は聞かなければならない、とは感じなかった。きっと、彼女には大事なことでも、僕には大した問題ではない。他人や、それとも人間全体にとって大事なことでも、たぶん、僕にはあまり関係がない。そういうことがとても多いのだ。きっと、今回もそれだろう。僕はそんなふうに冷めている。ずいぶんまえから、そうなのだ。

「私はね……、キルドレを普通の人間に戻す方法を発見したの」彼女は言った。「長い間、これは不可逆なものだといわれていた。でも、方法があった。動物実験では既にパーフェクトに成功している。安全な方法です」

「薬？」

「単純な薬ではありませんけれど、まあ、そんなものだと思ってもらっても良いわ」

「それで？」

「びっくりしないのね」

「うん」僕は頷いた。やっぱり、思ったとおりだ。「そもそも、自由になれるわけじゃないし、キルドレのほとんどは、戻りたいとは考えていないと思う」

「あなたもね？」

「そう……、考えたことはないけれど、でも、考えても、きっとこのままを選ぶと思う」

「今は、キルドレの原因となった薬が禁止されています。ですから、新しいキルドレが生まれてくることはない。それは、多くの人が、歳をとらない人生を拒んだから。でも、もし、嫌になったときに元に戻れるとなったら、どうかしら？　状況はまったく変わると思うの」

「よくわからないけれど」

「私が発見した技術が社会に与える影響は、とても大きいということ。私は、単にその可能性を見つけて確かめたかっただけ。あるいは……、今、あなたたちキルドレのうちで、普通の人間に戻りたいという人のためになれば、と考えただけです。だけど、気がついてみたら、私が想像したのとは全然違う方面で、影響が大きいことがわかった。私がそれを発見した、という情報が漏れて、それで、こんなことになってしまったの」

「その情報を欲しがっているところが、サガラさんを捕まえようとしているわけ？」

「そう」

「それならば、すべてなかったことにしてしまえば？」

「なかったこと？」

「うん」僕は頷いた。「発見したと思ったけれど、勘違いだった、間違っていた、と発表すれば良い」

「駄目」彼女は首をふった。

「科学者としての名声が欲しいから？」僕はきいた。単刀直入だったから、言葉にしてから、多少緊張した。

「いいえ、違うわ」彼女は優しい微笑みを見せた。今日初めての、本当に愛情に満ちた、そんな余裕さえ窺《うかが》える顔だった。「名声なんて、私は興味がありません。現に、私は研究の記録、資料をすべて処分しました。だけど、この発見はね、とても単純なことに誰かが気づいたら、もうトレースされてしまうものなの。つまり、あることに着目すれば、誰にでも可能になってしまう。多少の時間をかければね」

「それに、誰かが気づく可能性があるってこと？」

「ええ。たぶん、いつかは」

「それじゃあ、しかたがないってことになるんじゃあ」

「そうかもしれない」彼女は溜息をつき、顔を上げ、目を瞑った。「だけど、可能性はある。知られなければ、誰も気づかなければ……」

「それで、逃げようと？」

「捕まれば、私も薬を飲まされて自白させられるかもしれない。そうなるまえに、死ななくちゃ」

「まさか……」僕は彼女の言葉に驚いた。「そんなことには」

「きっとなるわ」今度はまた人工的な微笑だった。「捕まればね。だから、いつでも死ねるように、銃は持っている」

　相良は、片手を自分の胸に当てた。

「そんなことで死ぬなんて、馬鹿馬鹿しいと思う」

「そうね」相良は口だけを笑う形にして微笑んだ。「でも、覚悟はしているの。大丈夫。あなただって、飛行機に乗るときは、覚悟をしているでしょう？　科学者だって同じです。新しいものに挑むときは、空を飛んでいるのと同じなの。地上の生活からは、遠く離れている。そして、そのままもう戻れないことだってあるってこと……」

　しだいに目の前の女性の印象が変わりつつあった。僕が知っている人ではない、と思えてきたのだ。片田舎で鳥を飼っている、質素な生活をしている、そんな女性だと思っていたのに。そう、この人は、もともとは本庄と関係があったはず。

「あの……、ホンジョーとは、どんな関係だったのですか？」思いついた疑問をそのまま口にしていた。

「今のあなたと同じかも」彼女は答える。「ホンジョーさんを利用して、キルドレに近づこうとした。それが昔の私」

「結婚していた、と聞いたことがあるけれど」

「キルドレの婚姻は違法よ。認められていない。知らないの?」

「知らない」

「そう」彼女は頷く。「そもそも、そうなるケースが極めて少ないし、ええ、話題にもならないのでしょうね。私たちは、結婚はしていなかったけれど。まあ、それに近いような関係ではあったわ」彼女は表情を変えず、事務的に話した。「そうすることが、そのときには最善の選択だったからです。でも、彼は死んでしまった」

「だから、次は僕を?」

「いいえ。それは違う」彼女は首をふった。「もう、あの頃には、研究はほぼ完成していた。偶然だけれど、私はクサナギ・スイトと同郷だった。これが、私の研究の最大のキーだったの」

「どういうこと?」

「詳しくは話せません。でも、クサナギ自身がキーだってこと。私は自分の研究のすべての資料を処分した。でも、一番目立つデータは、彼女なの。生きているクサナギなの。彼女がいるかぎり、いずれは知れてしまう」

「どういうこと?」

「あなたを利用しようと考えたこともあります」押し殺すような声で相良は語った。「クサナギ・スイトを殺してもらおうか、と思ったことも」

「え？」彼女の言葉を間違って認識したのではないか、と僕は思った。そして、聞いたばかりの音を何度か頭の中で反響させた。「殺す？」

「もちろん、そんなことはできない」彼女は首をふり、目を瞑った。唇を噛んで、ゆっくりと息をしてから、目を開けた。自分の感情をコントロールした、そんな仕草だった。

「でも、彼女をどこかへ連れ出すことはできる。誰も知らないところへ」

「どうして、そんな必要がある？」僕は尋ねる。

「彼女が、実証例だから」相良は言った

7

僕は相良亜緒衣を駅まで送り届けた。彼女が切符を買って、ホームを歩いていくのにもつき合った。だけど、最後の五十メートルは、彼女が一人で歩いた。僕は、後ろ姿を見送った。列車に乗り込むとき、彼女は僕の方を一瞥《いちべつ》した。その列車はすぐに発車して、僕はポケットに冷たい両手を突っ込んで、駅の中をしばらく歩いた。とても寒かったから、どこか暖かい場所はないか、と探した。

どうして、最後の五十メートルを、僕は一緒に歩けなかったのだろうか。列車に乗り込むときに、キスをするか、手を握るか、抱き合うか、なにかできることがあったはずでは？

もう、この人には会えない、ということはわかっていた。しかし、それ以前に、カフェで彼女の話を聞いた時点で、もう彼女は遠いところへ旅立ったみたいに、僕には思えたのだ、きっと。

待合室が暖かそうだったので、中に入って空いている椅子に腰掛けた。煙草が吸いたかったけれど、ここでは吸えない。少し考えてから、電話をかけることを思いついた。待合室の一番奥に電話ボックスが三つ並んでいたからだ。ただ、今は三つとも使用中だった。しばらく待っていたら、真ん中のボックスから人が出たので、僕は立ち上がってそちらへ歩いた。

中に入り、コインを電話に入れ、まず、電話番号をきいた。住所と店の名前だけで、すぐにわかった。そのナンバを忘れないように口ずさむ。そして、受話器を一度置き、そのますぐにナンバを押した。

「はい」男の声がすぐに出た。ここはいつも名乗らない。

「もしもし、クリタといいます。フーコがいたらお願いしたいのですが」

しばらく待つ。ポケットからコインを出して一枚足した。

「もしもし、私。電話ありがとう。嬉しいわ」フーコの声だった。電話だと少しだけ普通に聞こえた。

「えっと、バイクで駅まで出たんだけれど、寒くてさ、帰るのが億劫になっちゃって。時間ない？」

「今から？　うーんと」

「あ、駄目ならいいよ。ジャンパを買って帰るから」

「ジャンパを買うの？」

「うん。手袋もね」

「何なの、それ」フーコは笑った。

「いや、本当に寒いんだ」

「大丈夫？」

「今はね」

「どこにいるって？」

僕は、場所を説明した。フーコのところからは十キロほどの距離だと思う。基地よりは断然近い。

「うーんと、どうしようかなぁ」彼女は舌打ちをした。

「出られないなら、いいよ」

「うん。でも、なんとかしてみる。待ってて」

結局、三十分後にフーコが現れた。白い毛皮のオーバで、周りの人間が皆、彼女を振り返った。避けて歩く奴もいたほどだ。彼女は待合室へ飛び込んできて、僕に抱きつき、キスを三度もした。恥ずかしかったので、僕はすぐにそこを出た。

「どこへいくの？」後ろからフーコが追いかけてくる。

「車はどこ？」

「あっち」

駅の前のタクシー乗り場に、彼女の大きなセダンが駐めてあった。タクシー係が片手を広げて、彼女に挨拶をした。顔が利くようだ。すぐに車に乗って、ロータリィへ出た。運転してるのは、彼女だ。

「どこかへ食事にいこう。奢《おご》るよ」

「え？　私に奢るって？　へえ……」フーコは笑った。「それはそれは、なかなかの者ね、あなたも」

「お金はあるよ」

「でも、ネクタイをしていないわ」

「え、そういう店で食事がしたかったわけ？」

「違う違う」フーコはまた笑った。「バイクで来たの？　基地からここまで？」

「ああ」

「バイクはどうするの?」

「明日にでも取りにくるよ」

「どうして、バイクなんかで来たわけ?」

「なんとなく」

「馬鹿みたいじゃない、こんな寒いのに」

「寒かった」

「気が知れない。寒いときにバイクに乗るのだけは狂ってると思うわ。ほかのことはたいてい許せるけれど」

「どこでも、好きなところでいいよ。知っている店はない?」

「ねえ、考えてくれた?」

「何を?」

「私を飛行機に乗せてくれる話」

「え? それは無理だって言ったと思うけれど」

「上客をすっぽかして来た私に言える言葉かしら?」

「乗客?」意味を認識するのに三秒ほどかかった。「ああ、上客か……」なるほど、とは思ったものの、しかし、どう答えて良いか思案することに変わりはない。「遊園地の飛行機じゃあ駄目?」

「遊園地の飛行機? 何それ」

「子供が乗るやつだよ。コインを入れて」

「馬鹿じゃないの? あんなものに、どうやったら二人乗れるの? 小さい子が座ってやっとじゃないの」

「あと、鎖でぶら下がってて、タワーをぐるぐる回るやつとか」

「あれを飛行機っていうの?」

「いや、いわない」

「乗ったことある?」

「遊園地の? 乗ったことないよ」

「ほらぁ。あんたパイロットでしょう? 本ものの戦闘機に乗ってるんでしょう? だから、私のところへ来られるんでしょう?」

どうして、パイロットだとフーコのところへ行けるのか、その意味は今ひとつわからなかった。何だろう、彼女のプライドみたいなものを表現したかったのだろうか。

「ごめん、怒らせるつもりはなかったんだ。遊園地は撤回するよ」

「そういうとこ、優しいよね」彼女はあっという間に笑顔に戻る。「大好き」

「どこで食べる?」

「食べることなんかいいの。あぁ、飛行機に乗りたいなあ。空が飛びたいなぁ」彼女はそう言ってステアリングから手を放し、天井に両手を当てる。僕は思わず前を見てしまった。

車は信号待ちで停車する。

彼女がこちらを向く。

「絶対許してあげないから」口を尖らせてフーコは言った。

何を許してもらえないのだろう?

でも、僕は何故かとりあえず頷いてしまった。これは嘘をついたことになるだろうか、と考えながら。

そして、相良のことを思い出した。きっと、窓際の席に座って、外を眺めているだろう。彼女が何者なのか、すぐには思い出せなかった。彼女から聞いた話も、遠い昔の物語のように霞んでいた。

それよりも、今夜、フーコとつき合わなければならない。そちらの方が当面の課題なのだ、と自分に言い聞かせた。

地上には、鬱陶《うっとう》しいことが多い。それはもう小さなときから、否、僕が生まれるまえから、ずっとそうなのだ。

episode 3: flat spin

I walked far down the beach, soothed by the rhythm of the waves, the sun on my bare back and legs, the wind and mist from the spray on my hair. Into the waves and out like asandpiper. And then home, drenched, drugged, reeling, full to the brim with my day alone; full like the moon before the night has taken a single nibble of it; full as a cup poured up to the lip. There is a quality to fullness that the Psalmist expressed. My cup runneth over.Let no one come —— I pray in sudden panic —— I might spill myself away!

第3話 フラットスピン

私は波の音の律動や、背中や足の皮膚にじかに差す日光や、髪に掛る波の飛沫《しぶき》にさらされているのを快く感じながら、浜辺の端まで歩いて行った。そして千鳥のように、海に入ってまた出て来た。それから、びしょ濡れのまま、一人で過した一日の気持で満たされて、酔った感じで家に帰る。私は、まだ少しも欠けていない月や、縁まで一杯にされた茶碗《ちゃわん》と同じ具合に満たされている。聖書の詩編に出て来る、「私の杯は溢《あふ》れる」という言葉には特殊な意味があって、私は急に恐《こわ》くなり、自分を満たしているものがこぼれないためにも、誰も来ないように、と祈る。

I

その後、相良亜緒衣《サガラアオイ》の話題が上ることはなかった。僕はときどき思い出したけれど、そのイメージはいつも、列車の車窓に顔を寄せる彼女だった。そこで時間がストップしたみたいな。

半月ほど経ったある日、昼食後、土岐野《トキノ》たちとともに食堂で話をしていたら草薙《クサナギ》に呼ばれて、僕一人だけが彼女のオフィスへ上がった。この半月ほど、一度も飛んでいなかった。珍しいことだ。もちろん、ほかの連中も含めて出撃回数が減っていた。土岐野も、ほかのチームの交代要員として、偵察任務が一度あっただけだ。そういうわけで、フーコのところへも顔を出していなかった。階段を上がるとき、そんな平和なことを僕は考えていた。でも、草薙の姿を見た瞬間に、僕は相良のことを頭に浮かべた。もしかしたら、その話かもしれない、否、たぶんその話にちがいない、と思った。

戸口で立ち止まる。草薙がこちらを向き、入れという手招きをした。ソファにもう一人いることに、このとき僕は気づいた。何度か会ったことのある長身の女性で、情報部の人間だ。名前を聞いたことがないのではなく、僕が覚えられないだけ。その彼女にも敬礼をした。

「ドアを閉めて」草薙がデスクからこちらへ出てきた。僕はドアを閉める。「そこに座って。カイさんは、知っているね？」

　僕は頷いた。そんな名前だった、と思い出す。ストレートのショートヘアでメガネをかけている。草薙はその甲斐《カイ》の隣に腰掛けた。反対側に、僕は座る。テーブルには灰皿とシガレットケース。それに、甲斐の前にファイルケースが置かれていた。向こうむきに少しだけ蓋《ふた》が持ち上がっている。

「何の話か、わかる？」草薙が質問した。

「いいえ」

「サガラのことだ」草薙はいつものように脚を組まなかった。たぶん、甲斐がいるからだろう。「消えたらしい」

「消えた……、というのは？」

「あの家にはもういないそうだ」

「引っ越したんですか？」僕は質問した。

「なにか知らないか？」草薙が真っ直ぐに僕を見る。

「いいえ、なにも」きっと草薙には嘘がばれる、と僕は思った。でも、表情を変えないように努力した。

　しばらく沈黙があった。甲斐も黙って僕を見ている。

「それが、なにか？」僕は質問した。

「我が社にとって重要な情報を彼女は持っている」甲斐が口をきいた。歯《は》切《ぎ》れの良いしゃべり方だった。「彼女の行方を知りたい」

「自分は知りません」

「先月末の日曜日、フェスティバルがあった日だ」草薙が言った。「サガラのトラックが、ここの駐車場に置かれていたらしい。彼女はここへ来ていた。守衛が、クリタに女が会いにきた、と話している」

「会いました」僕は答えた。心の中で戦闘態勢を整えながら。

「報告を受けていない」草薙は遮《さえぎ》るように言った。

「報告の必要はないものと考えました」

「私は、君に、あの女には会うなと指示した」

「第一に、それは命令ではありませんでした。確認をしたはずです」僕は答える。「第二に、自分から会いにいったのではありません。彼女が基地へ訪ねてきて、宿舎を出たところにいたのです。会ったのは偶然です」

「会って、どうした？」

「世間話をしました」

「それから？」

「いえ、あとは知りません」

「どこで別れた？」草薙がきく。

「えっと、つまり、会った場所です。あ、少し歩いたかもしれませんが」

「彼女は、どこへ行った？」

「知りません」

「ここへ何をしにきた、と言っていた？」甲斐が質問をした。

「いえ、そんな話はしていません。遊びにきたのだと思いましたが」

また沈黙があった。

「あの、質問しても良いでしょうか？」僕は尋ねる。草薙は頷かなかったが、甲斐が頷いた。「彼女は、何者なのですか？」

「君が知る必要はない」甲斐が即答する。

「すみません」僕は頷く。

甲斐は煙草を取り出して火をつけた。煙が彼女の口から吹き出るところを僕は見ていた。

沈黙。

草薙は僕を見据えている。じっと視線を逸《そ》らさない。獲物を狙う猫科の獣のようだった。

僕は、最初は自分のついた嘘を責められている、と感じた。しかし、そうではない。僕はようやく気づいた。草薙の目は、僕に嘘を押し通せ、と命じているのだ。

あの日、格納庫で草薙と会っている。僕が笹倉《ササクラ》のバイクを借りたことも彼女は知っているのだ。それを今、何故質問しないのか。僕がどこへ行ったのか、と尋ねないのは、すなわち、甲斐の手前、それを隠そうとしている、ということ。草薙は、僕が嘘をついていることなどとっくに見抜いている。嘘をつくことは、飛行機の操縦より、はるかに難しい。

「君は、クサナギ大尉が最も信頼している部下だと聞いてる」甲斐が言った。その言葉に僕は少し驚いた。そんなふうに言われたこともないし、考えたこともなかったからだ。

「なにか、補足することは？」

「いえ、特にありません。あの、信頼されていることは、その、とても光栄です」僕はそう答えてから草薙を見た。彼女はまだ僕を見据えている。冷たい眼差しだった。

「よろしい。以上です」甲斐が言った。

「ありがとう。戻って良い」草薙が表情を変えずに言う。口だけが、儀式的な行動を取っているように見えた。

僕は立ち上がり、二人に敬礼をする。ドアを開けて外へ出ようとしたとき、甲斐の声が僕を呼び止めた。

振り返る。甲斐がソファから立ち上がって、僕の前までやってきた。首を少しだけ傾け、目を細めて僕を見る。

「今日の夕方から、クサナギ大尉が外出します。護衛として、大尉と同行するように」甲斐が早口で言った。「できれば、少しでも眠っておきなさい」

「了解」僕は返事をする。

「待って下さい」草薙が言った。彼女はまだソファに座っていたが、ゆっくりと立ち上がる。「その必要はありません」

「私が命じている」甲斐は僕を見たまま言った。

「自分の直属の上司は、クサナギ大尉です」僕は答えた。

「よろしい」甲斐は口もとを緩め、振り返った。「車で行くつもりでしょう？　クリタを連れていきなさい」

「クリタには、ここの留守を頼むつもりです」

「それはほかの者にもできる」

「私の護衛だって、誰にでもできます」

「議論をするつもり？」

「いえ」

「もう一度言いましょうか？」

「命令ですか？」草薙が目を見開いてきいた。

「命令です」甲斐は頷く。

「わかりました」草薙は一度だけ睨むような視線を僕へ向けた。「十七時に出る」

「了解」僕は頷いた。

草薙はデスクの方へ歩いていき、窓から滑走路を眺める姿勢のまま止まってしまった。こちらに背中を向けたまま。

草薙から甲斐へ視線を戻す。甲斐は小さく頷いた。もう下がれ、という意味のようだ。

「失礼します」僕は挨拶をしてからドアを閉めた。

階段を下りていくと、ロビィの吸い殻入れの前に土岐野が一人立っていた。短い煙草をくわえ、顔をしかめて吸っていた。

「何だ?」彼がきいた。

「いや」僕は足を止めず、それだけ答えて、建物の外へ出た。

2

部屋に戻って服を脱ぎ、ベッドに入った。死にかけた毛布が役目を忘れていて、僕の体温を吸収した。眠れない、ということは、僕の場合あまりない。どんなときでも、毛布を被れば、自然に眠ることができる。たとえ死にかけた毛布でも。

ただ、外出先がどこなのかは気になった。護衛という言葉もだ。草薙は必要がないと言った。それほど危険な任務ではなさそうだが、自分が命じられた理由は想像もできない。銃を持っていった方が良いだろうか。それも、草薙にきいてみるべきだった。

フライトの夢を見た。珍しいことだ。子供のときには、よく空を飛ぶ夢を見たものだけれど、この頃ではそんなことはほとんどない。むしろ、ボートを漕いでいる夢や、地下鉄に乗っている夢を見る。ボートは、ジャングルの濁った川を下っていく。地下鉄は、ときどき照明が切れてまた灯る。乗っているとき、どうして飛行機じゃないのだろう、と不思議に思うのだ。それから、ビルのガラスを拭く仕事をしている夢もよく見る。高いところが好きだから、こんな仕事をしているのだな、といつも思う。

夢の中で、僕は草薙と一緒に飛んでいた。スクリューみたいなロールを四回転でぴたりと止めたあと、即座に機首を上げ、失速させて、フラットスピンに入れる曲技を僕に見せてくれた。凄いな、まさにブーメラン。どうしてそんなことができるのか、と尋ねると、草薙は答えた。

「人間が乗っていないと思えばできる」

ああ、なるほど、と僕は納得した。僕の散香《サンカ》には、人間が一人だけ乗っている、だからできなかったのだ。しかたがない。

でも、草薙のおかげで、僕はこんなに長く飛んでいられる。草薙と一緒ならば、周囲を気にする必要がない。ゆっくりと、目の前の敵機に集中できるのだ。早く片づけて、味方の加勢にいくなんて考えなくても良い。慌てなくて良いから、こんな僕でも、生き延びてこられたのだ。

一方の草薙はどうだっただろう？　いつも僕のために慌てていたのだろうか。自分一人でいるよりも余計に神経をすり減らしていたかもしれない。二機でチームを組んで戦ったとき、腕の良い方が墜ちることは、全然珍しくないことだ。

「大丈夫、やってみろよ、クリタ」草薙が笑った。「できるから」

空では、ときどき彼女は笑うのだ。本当に楽しそうに。接近したときには、キャノピィの中で手を振って応えることもある。白い歯を見せて、本当に嬉しそうに笑っているのだ。そんな草薙《クサナギ》水素《スイト》を見ることは、今ではもうない。

基地に戻って、地上を歩く彼女を見ると、同じ人間とはとても思えない。飛んだあとは顔が青ざめているし、足取りもふらついている。声は掠《かす》れているし、目は虚《うつ》ろだ。飛ぶたびに、空になにかを忘れてきたのではないかと思えるほどに。

だから、彼女が指揮官に昇格したときには、僕は正直に言って少しほっとした。なるべくならば、もう草薙は飛ばない方が良い。どんどんすり減って、今に倒れてしまうだろう、と感じていたからだ。

今でも、彼女はときどき飛ぶ。指揮官なのに出撃する。そして、空にいるときだけは、昔の彼女だ。それは、飛び方でわかる。右へ回ると見せかけて、即座に左へ回転する。失速から機首をサイドへコントロールする切れ味。どこを見て飛んでいるのか。一番凄いのは、なんといっても、敵機の動きを読む目だろうか。相手の道筋が彼女には見えるのだ。しかも、ぐるぐると回転しながら、それを見る。彼女の腕は全然衰えてなどいない。

衰える？

どうして、そんな言葉が出てきたのか。僕は夢の中で自問した。

衰える？

それはキルドレにはありえない現象。

その言葉は、僕たちにとっては、厭《あ》きる、と同じ意味でしかない。

人間はどうして変化するのだろう？

草も花も木も、いつかは枯れる。たちまち枯れてしまうものだってある。実をつけ、種を作れば、必ず枯れるものも多い。

何故だ？

どうしてそんな非効率なプログラミングをしたのだろう。神様を信じているわけではないけれど、寿命という仕組みを遺伝子に組み入れた理由は何だろう？

生きていれば、細胞はどんどん新しくなる。それは植物でも動物でも同じこと。物質的には、古くなったものは代謝される。それなのに、ある一定の期間で、すべてを無に返すのは、何のためだろうか？

どうして神様は、生きる喜びを出し惜しみしたのだ？　それを知るためには、その時限の仕組みがない状態がどんなものなのかを、人間は知らなければならない。そうしなければ、比較ができない。死なないことが、どんな意味を持つのかを、経験しなければならないだろう。想像することは不可能だ。そのとおりだと思う。だから、その実験を今しているのだろうか。

しかし、一人の人間が二つの人生を比較することは無理なのだ。短くても、長くても、一瞬でも、永遠でも、人生は一度きり。これだけは誰にも共通している。

「いいえ」

その声で僕は振り返った。

相良亜緒衣が立っていた。飛行機に乗っていると思っていたのに、そこは建物の中、白い蛍光灯が並んだ通路だった。彼女は白衣を着ている。

「サングラスは？」僕は尋ねた。

「ここ」彼女は白衣の胸のポケットへ指を入れて、サングラスを少しだけ引き出す。「手術室のライトは眩しいから」

「手術？」

そこで目が覚めた。もの音がしたような気がする。土岐野が部屋に入ってきたのかと思ったけれど、誰もいなかった。風で窓が鳴ったのだろうか。時計を見ると十六時を回っていた。アラームをセットした時刻まで十五分ほどある。三時間くらいは眠れたようだ。起き上がっても、頭は夢を追おうとしていた。でも、逃げ足は速い。考えているつもりでも、あっという間に何を考えているのかさえ、思い出せなくなる。砂の城が崩れるよりも速く、砂浜も海も消えている。丸い月を思い出した。フーコと見た月だろうか。それとも、雲の上でいつか見た月だろうか。どちらも同じ月なのに。

着替えをしていたら、土岐野が部屋に入ってきた。

「出かけるのか?」彼はきいた。

「ああ」僕は応える。「仕事」

「へえ……」彼はそれだけ言って、ジャンパを脱いだ。シャワーでも浴びるのだろう。トレーニングをしたあとだったかもしれない。

僕は部屋を出た。まだ多少時間があるから、格納庫へ飛行機を見にいくことにした。笹倉がいる格納庫の前を通ったら、このまえ借りたバイクが横に置かれていた。話し声が聞こえたので、立ち止まる。ドアを開けて、草薙が中から出てきた。彼女の後ろに笹倉の姿も見えた。

「あ、もう出かけますか?」僕はきいた。

草薙は袖口に手をやって時計を見る。

「そうだね。では十分後に、事務棟の前で」

「了解」

僕はそのまま歩いていった。自分の飛行機のある格納庫に近づくと、機械音が聞こえた。ドアを開けて中を覗く。若い整備工が一人、窓際でグラインダを回していた。こちらを見ない。たぶん聞こえないのだろう。細かい火花が綺麗だった。

飛行機の周囲をぐるりと一周。そうしているうちに、グラインダの音が低くなる。

「なにか？」整備工が僕に尋ねた。

「いや、なんでもないよ」僕は答える。

片手で冷たい翼の前縁に触れて、翼の下を覗き込んだ。前にある小さな安定板。エレベータのトリムも確認した。それから後ろへ行き、エンジンを見る。床に黒いオイルが一点だけ小さく光っていた。

「オイル替えた？」僕はきいた。

「替えました」整備工がこちらへ歩いてくる。「新しいやつです。本当かどうかわかりませんけれど、燃費が二パーセント向上するって触込みの」

「そう」

「見た感じ、同じでしたけれどね」

「カムのクリアランス見てくれた？」

「ええ。ほんの少し広かったから、直しておきました」

「ありがとう」

「お出かけですか?」彼は僕の服装を見てきいた。

「うん」

「お気をつけて」

格納庫を出て、僕は事務棟へ向かって歩いた。風がけっこう吹いているので、とても寒い。車じゃなかったら、マフラをしていただろう。

少し早かったので、事務棟のロビィの中で煙草を吸って待っていた。草薙は黒いコートに腕を通しながら階段を下りてきた。黒のスーツを着ている。ネクタイも黒い。

「葬式ですか?」僕は尋ねた。

「うん」彼女は軽く頷く。

駐車場まで歩いて、草薙の車に乗り込んだ。彼女が運転席、僕は助手席だった。エンジンを始動してから、彼女はシートベルトを掛けた。

「どこへ行くのですか?」僕は質問した。「もし、きいてもかまわなければ、ですけれど」

「ハイウェイの途中で運転を替わってもらう」草薙は言った。「それまでは寝ていて良いよ」

「今まで寝ていましたから、大丈夫です」

「六時間くらいかかるかもしれない」

「遠いですね」

「飛行機で行けたら簡単なんだけれど」草薙はそう言ってから、車をスタートさせた。結局どこへ行くのかは教えてもらえなかった。地名を聞いたところで、僕には意味がないことは確かだけれど。

日は落ちていた。暗い道をタイヤの音がどうどうと響く。小刻みな振動がずっと一定のまま続く。草薙はラジオをつけなかったから、車内は沈黙に包まれていて、重苦しかった。けれど、こういった状況が僕は気にならない。おそらく草薙も同じなのだろう。無理に会話をする方が疲れる。生きている気配を消して、シートに収まっているのが適切な感じがした。

小さな街を抜けてから、ハイウェイに乗った。前にも後ろにも車が走っている。ヘッドライトとテールランプが律儀に灯って流れていた。大きなタンク車やバスも多い。

僕は、草薙がいつ話を始めるのかと待っていた。相良亜緒衣が消えた日のことを、きっときかれるはずだ。僕は、そのシミュレーションを頭の中で繰り返す。

「ササクラのバイクを借りて出ていっただろう？」

「え？　あぁ、だいぶまえに」

「あの日、駐車場にサガラのトラックがあった。彼女は、基地へ来ていた」

「はい」

「クリタは彼女に会った」

「会いました」

「バイクを使ったのは、駐車場に警察がいたからか？」

「警察？」

「彼女に、頼まれた。それは良い。たぶん、駅まで送っていった。べつに問題はない」

「では、何が問題なのですか？」

「サガラから、何を聞いたかだ」草薙は言う。

僕はさらに考える。

なにも聞いていない、と主張できるだろうか。なにも事情を聞かずに、追われているという人間を助けて、逃がしてやるだろうか。もし、そんなことができるとしたら、それはたぶん、物語に登場する「愛情」と呼ばれている感情のためだ、と説明できるかもしれない。そんなものが、僕たちの間に存在するならば、の話だが。

そう、そもそも僕は、相良のことをどう思っていただろう？

キスをしたことがあっただろうか。思い出せない。したかもしれない。しようと想像しただけ、されると想像しただけ、かもしれない。それを拒む理由もないな、というくらいのことだったかもしれない。

ぼんやりと、僕は相良の顔、姿、白い手、白い指を思い出した。彼女は、僕の母に似ていると思えてきた。どこがって、目尻とか、それから、手を口に当てる仕草とか。たとえば、フーコのように抱き合ったわけでもない。そのフーコでさえ、僕は愛情と呼べるものを感じたことは一度もないのだ。

何だろう？　愛情って。

子犬を見たら、触りたいと思う。可愛いと感じる。でも、それが愛情だろうか。僕は僕自身をどれくらい愛しているだろう。それだって、よくわからない。大事に思う、というだけの意味なのだろうか。相良とフーコとどちらが僕にとって大事だろう。その意味でいえば、草薙の方が大事かもしれない。三人が同時に撃たれるなら、僕はきっと、なにも考えずに草薙の前に飛び出すだろう。それは、そういう習性だからだ。これまでもずっと、空ではそれに似たことを繰り返してきたからだ。

違う、愛情ではない。

本を読んだりして、普通の人間の思考を知ることはできるけれど、どこまで現実に存在するものなのか、やっぱりわからない。愛情と呼ばれるものの多くは、単に、自分が良い思いをしたい、自分が望んでいる状況になりたい、という欲求に過ぎない。相手を愛していると口では言いながら、つまりは自分のことが大事なのだ。愛する人のために命を投げ出す、といった物語もあるにはあるけれど、べつに愛していなくても、命くらい投げ出せる。戦いで死んでいった者たちは、みんなそうしてきた、ごく普通のことではないか。
なにか、無理に愛情愛情って……、それがとんでもなく貴重で美しいものだって、それよりも大事なものはこの世にないって、最終的にはすべてそれが人を救うのだって、そう思い込もうとしているみたいだ。愛情という名の神様を信仰している宗教なのだ、と僕には思える。それを信じる者には、確かに存在するのだろうけれど、一度疑ってしまえば、もうどこにも実体のない、それどころか、現象としてもありえない、虚構だと気づく。

愛情がないことが、寂しいことで、それはとても辛《つら》いことだと教えられたけれど、何故そんなに愛されない状況を恐れるのだろうか。愛に満たされたことがない人でも、それを恐れている。言葉だけで信じてしまって。

愛情があれば、戦いは起こらない、という話もよく聞かれるところだ。それは、本当に笑ってしまうほどおかしい。では、愛している人間が殺されたら、どうして復讐しようと考えるのか。そもそも、人間が戦う原理は、最初は愛情の獲得だったのではないだろうか。愛情があるからこそ、戦っているのではないか。

本当にわからない。

今では戦うことは、愛情とは切り離されている。完全に違う動機だ。ただ、愛情と類似しているのは、そこに美しさがある、という妄想だろう。まったく同じ。まるで違わない。愛情を信じて恋人を愛撫する者も、勝利を信じて戦う者も、同じだ。

　どうしたら戦わずにすむのか、といえば、それは、どうすれば愛さずにいられるのか、という問題に帰着するだろう。そんなふうに思えてきた。

　横でステアリングを握っている草薙を見る。たぶん、僕は相良よりも、フーコよりも、草薙を愛しているだろう。それは、彼女が同じ戦闘機乗りだからではない、彼女が戦っているからではない、彼女とのつき合いが一番長いからでもない。

　何だろう？

　わからないけれど、それはもう直感のようなものだ。

　彼女の手にさえ、触れたことはない。それなのにどうして、今、そんなことを考えたのだろう。やはり、僕の場合、愛するという意味が普通とは違う、ということか。

　普通って何だ？

　わからない。ああ、さっぱりわからなくなってきた。考えすぎだろうか。

　ドライブインの駐車場へ入り、明るい売店の前で、車が停車した。草薙は溜息をついてベルトを外す。

「交代ですか？」僕は尋ねた。

「うん、お願い」草薙は頷く。

「すぐに？」

「五分くらい休もう。なにか食べたい？」

「いえ」僕は首をふった。

草薙は車の外に出た。ボンネットの前を回って、売店の方へ歩いていく。僕も外へ出て、煙草に火をつけた。風が強いので、ライタを手で覆わなければならなかった。

車にもたれて、冷たい空気の中に煙を流していたら、草薙が店から出てきた。小さな缶を僕に手渡す。温かかった。

「あ、どうも」

彼女は自分の分は買わなかったようだ。僕はそれをすぐに開けて、中身を飲んだ。コーヒーなのか紅茶なのか、よくわからなかった。ラベルも見ていない。どちらか知ったからといって、味が変わるわけでもないし。ただ、喉は渇《かわ》いていたから、役には立ったと思う。

「どいて」草薙が僕の前に立って小声で言った。

「あ、そうか……、すみません」僕は車から離れる。

歩きながらそれを飲んで、屑《くず》籠に空き缶を投げ入れた。車の方に戻るとき、フロントガラスの中の草薙を見た。売店の看板の赤や黄色が反射して、彼女の顔はよく見えなかった。でも、既にシートベルトを締めて座っている。

僕は運転席のドアを開けて乗り込んだ。

「このままずっと走れば良いですか？」

「ずっと」

「了解」

　僕は車を出した。草薙はシートを後ろへ半分ほど倒した。眠るつもりだろうか。

　ハイウェイを再び車は巡航する。彼女のこの車を運転するのは初めてではない。馬力のある軽量なスポーツカーだ。

「目を瞑《つむ》ると、爆撃機に乗っているみたい」草薙が言った。

「爆撃機に乗ったことがあるんですか?」

「ないよ」

　トンネルに入った。オレンジ色の光に包まれる。僕はちらりと草薙を見た。目を閉じてはいなかった。

「サガラって人ね……」草薙は言った。「目立たない子だったな。真面目だった。勉強ができて」

「そんな感じですね」僕は話を合わせる。

「もしかしたら、今夜か明日、来るかも」

「どこにですか?」

「葬式に」

「ああ」僕は頷く。「誰のお葬式ですか?」

「誰って、死んだ人の」

「誰が死んだんですか？」

「私の母親」

トンネルを抜け、谷を渡る真っ直ぐの橋。そこで、大きなトレーラを僕は追い越した。それから、草薙が言った音の意味を吟味した。でも、どう応えて良いのか、適切な言葉を思いつかなかった。

「そうですか」遅れて、僕はそう言った。

「まあ、一応、行かないとね」

「それはそうだと思います」

「どうして？」

「いや、わかりませんけれど」

「何故、カイがこんな指示をしたと思う？　私を護衛しろって」

「わかりません。一人では運転が危険だからでは？」

「そうね」草薙は溜息をついたようだ。「うん、でもたぶん、私が錯乱して、何をしでかすか心配だったんだろうな。全然わかっていない。あの人には、私が」

「ほかには、危険が予測されますか？」

「全然」

「楽な護衛ですね」

「そうだね……。私が誰かと喧嘩を始めたら、止めてくれる？」

「喧嘩になりそうな相手が？」

「うん、母が結婚していた相手くらいかな」

「それは、クサナギさんのお父さんではなくて？」

「うん、違う」

「喧嘩はしない方が良いですね。少なくともお葬式では」

「その作戦でいこう」草薙は口もとを緩めた。「二百キロくらい走ったら、給油して。そのとき起こして。おやすみ」

彼女は、躰を窓の方へ向けた。僕はヒータを一目盛り上げることにした。

道はいつの間にか下りになり、緩やかなカーブの連続だった。滑走路に降りていくような感じがした。いつタイヤが接地するのか、と錯覚しそうだ。

3

ガソリンを入れても草薙は起きなかった。そのサービスエリアの駐車場に車を入れて、彼女を残して僕は売店へ煙草を買いにいった。エンジンはかけたままだ。戻ってくると、運転席に草薙が座っていた。もしかしたら、起きていたのかもしれない。僕は助手席に乗り込んだ。シートの背もたれの角度も戻っていた。

「出すよ」草薙が言った。

「車の中で煙草を吸っても良いですか？」僕は尋ねる。

草薙は腕を伸ばし、灰皿を引き出した。

再びハイウェイの上。

「飛行機よりも疲れるよな」加速が終わり、バックミラーを見ながら草薙が呟《つぶや》いた。「操縦桿から少しも手が離せない」

「ずっとランディングしているわけですからね」僕は煙草に火をつけた。「まだ、先ですか？」

「もう少し」

「質問をしても良いですか？」僕は尋ねた。

「何？」

「病気で亡くなったのですか？」

「そうだよ」

「まえから悪かったのですか？」

「うん」

「知らなかった」

「知る必要はないだろうね」草薙は無表情のまま言った。「私からも、質問があるんだけれど」

「何ですか？」

「サガラは、私にどうしろと言っていた？　姿を消せって？　それとも自殺しろって？」

「いえ、なにも……、そんな話は」

「本当のことを言ってくれないかな」草薙はこちらをちらりと見た。「クリタと私の間には、利害関係はないはず。クリーンだと思う。隠すことで、何が得られる？」

「わかりません。単に、片方の信頼かと」

「どちらに信頼されたい？」

「クサナギさんです」

「私がどこまで知っているか、それを心配しているんだ。そうだろう？」

「そうです」

「どこまで知っていようが、どうなるものでもない」

「しかし、死なれるのは……、僕は困ります」

「どうして？」

「それは……」僕は前を向いていた。

　フロントガラスを見る。

追い抜かれる大型トラックの小さなサイドランプを眺めて。

どうしてだろう？

草薙が死んだら、どうして困るのだろう。

わからない。

さっぱりわからない。

「わかりません」僕は答えた。

「お互い、長く生きすぎたってことか？」草薙は吹き出した。珍しいことだけれど、ここが空だったら、普通の彼女だ。だから、僕は驚かなかった。「どのダンスのどこのステップで死ねたかって、毎晩考える」

「僕は、そういうことはありませんね」

「それは……」

バスを追い抜いた。

草薙はそれを眺めながら、最後に僕を一瞥《いちべつ》した。

再び前を向いた彼女を、彼女の顎《あご》を、僕は見守って。

彼女の口から、次に出る言葉を見極めようとして。

しかし、沈黙。

タイヤの音。

エンジンの音。

風を切る。

草薙が呼吸をする。

僕は待った。

今にも彼女は翻《ひるがえ》る。

ローリングしながら、斜め下方へ旋回していく。

あの美しい軌跡を、僕は何度見ただろう。

雲の中から上がってくる輝いた翼に、幾度心を躍らせたか。

僕は彼女を追い。

僕は彼女を守り。

僕は彼女を見て。

僕は彼女を待った。

触れたことはない。

一度も。

「それは？」僕は尋ねる。

それは、僕がキルドレだからだ。

僕は永遠に歳を取らない。

それは、僕が子供だから。
美しいものを知っている。
愛するものを知っている。
触らなくてもわかる。
抱き締めなくてもわかる。
愛されなくてもわかる。
子供は、母親を知っている。
それと同じことなのだ。
「それは、君が、キルドレだからだよ」
だから？
え？
もしかして？
僕は灰皿で煙草を揉《も》み消《け》した。その蓋を押し閉める。
「どういうことですか？」
「私は違うってこと」草薙は言った。
違う？
何が？

キルドレではない？

どうして？

「どうして？」

「サガラから聞いただろう？　私が唯一の証拠だって。私がキルドレでなくなったことを世間が知ったら、たぶんパニックになる」

「どうして？」

「見てわからない？　私の顔とか」

「わかりません」

「そうかな。まえから、こんな顔だった？」

「まさか……、でも、そんな」

「あぁ……」草薙は溜息をついた。「飛行機だったら簡単なのに」

「何が？」

「このまま飛んでいければ良い、どこまでも」

僕は前を見る。

「まあ、車でも、あっちの車線へちょっと飛び出せば、簡単かもね」

「え？　何の……」

「そうやって死なないように、クリタを乗せたってことだ。カイの作戦」

「では、カイさんは、知っているのですね?」

「情報部だからね」

「すみません」僕は謝った。

「え? 何が?」彼女がこちらを向く。

「隠していて、すみませんでした」

「べつに全然怒っていない。ただ、事実を確認したかっただけ。どうなるものでもないし」

「クサナギさんが、重要な証拠だということは、サガラさんから聞きました。だけど、彼女の治療を既に受けたということは知りませんでした」

「治療なんか受けていない」

「え? だって」

「だから、偶然、私は普通の人間に戻ったわけ」草薙はそこで鼻息をもらした。「で、彼女が、その理由を見つけた。それだけ」

「偶然に戻るなんてことがあるんですか?」

「確率は極めて低い」草薙は言った。「特に、男性の場合には滅多にない。そうだね、間違えて違う型の血液を入れたりすれば、起こりえるかもね」

「違う血液?」

「私、妊娠したことがある。それが原因だったみたい」

「嘘だ。そんな……」

「キルドレが子供を産んだ例はほかにもあるんだけれど、全部、父親もキルドレだったわけ。私が初めて、そうじゃないケースだったってこと」

「いつですか?」僕はきいた。

彼女が話していることは信じられなかった。妊娠するような期間、彼女と離れていたことは、僕の記憶にはなかったからだ。草薙は嘘をついている、と僕は判断した。

「あまり、思い出したくないから、やめよう」

嘘だ。

でも、嘘にしては、馬鹿馬鹿しすぎる。

もし、本当ならば……。

「で……、どうすれば……」僕は質問をしながら、その意味を考えた。でも、言葉になるものはすべて残酷なシチュエーションだった。「つまり、これから、どうすれば……」

「うーん」草薙は機嫌の良さそうな顔をつくった。僕のためにそうしたのだろう。

「どうなるのかな。サガラは、とにかくこの情報を隠そうとしている、そうだったでしょう? 世の中の混乱を招くと考えている」

「そう話していました」

「カイも、だいたい同じだ。社内だけの極秘情報にしておきたい。社会での利用価値はない、とさえ断言している」

「クサナギさんは？」

「え？」

「どう思っているのですか？」

「私はなんとも思ってないよ。ただ、そうね、もう飛行機には乗れないかもしれない。それだけ」彼女は、こちらへ壊れそうな微笑を向けた。「もう一度、キルドレに戻ることはできないのだから……。でもさ、よくよく考えたら、これって人間として普通のことじゃない？　誰でも歳を取る。誰でも過去の自分には戻れない。普通のことなんだよね」

「ええ」僕は頷いた。

「それは全然……、どうでも良い。ただ、でも……、飛行機に乗れない。もう戦えない」前を向いている草薙はまだ笑っていた。でも、その目から涙がこぼれる。「飛べない。もう飛べない。ああ……」気持ちを押し込めるように呼吸をした。

見ている僕も息を止めていた。苦しいくらい。

「しかたがないよね」草薙は微笑んだ。「人間なんだから」

「わからない」僕は正直に答えた。残酷だったかもしれない。言葉にしたあとにその残酷さに気がついた。「わかりません」

「わからないと思う」草薙は小さく頷く。「ごめん。もうやめよう」

「運転、大丈夫ですか？」

「大丈夫」草薙は目を擦《こす》った。「死にたくない？」

「いちおう」

「そう、どうして？」

「護衛が役目だから」

「うん。そういうところが、クリタらしいね」草薙は溜息をついた。

彼女は片手を上着のポケットに突っ込み、煙草を取り出した。箱を振って一本を口にくわえる。もう一度ポケットに手を入れてライタを握り、火をつけた。煙を吐く。ウィンドウを少しだけ下げた。走行音が大きくなる。彼女はちらりと僕の顔を見た。

「ああ……」溜息とともに煙。「ごめん。もう大丈夫。ふう……、とにかく、葬式では絶対に泣かないから」

「いや、泣いても良いと思いますけど」

「泣いてやるもんかって」草薙はまた少し笑った。けれど、すぐに難しい表情に戻る。

「馬鹿みたい。なんで、こんな遠くへわざわざ出かけていくんだろう。何のため？」

「しかたないですよ。一度だけのことだし」

「まあね。生きているうちは、絶対に会ってやらなかったからなあ」

「無理に行くこともなかったんじゃあ？」

「うん、そのとおり」

トンネルに入った。空気が擦《こす》れるような音に包まれる。それとも反射を繰り返した反響だろうか。不思議な音だ。一度外に出て、すぐにまたトンネルだった。トンネルから出ても外は闇の中。どちらが明るいかといえば、トンネルの中の方が明るい。

人間の人生なんて、このトンネルみたいなものかもしれない。トンネルに入ったときが生まれたとき、トンネルから出るのが死ぬときだ。

どこへもいけない。

ただ、出口へ向かって進むしかない。

長くても、短くても。

僕に何ができるだろう、と考えた。

今は助手席にいる。草薙のために何ができるだろう。話をすることだろうか。話を聞いてやることだろうか。違う。そんなことはなんの効果もない。なにも解決しない。そもそも解決なんてないのだ。

人は他人に対してなにもできない。どんなに優しい言葉をかけても、愛撫して抱き締めても、なにも救われない。他人の命に関わることはできないのだ。唯一の例外は、その人間を殺すことだろう。

何度も頭を過《よ》ぎった相良の言葉。草薙を殺す。僕はその言葉を思い出した。彼女を消してやれば、たしかに、大部分は解決するかもしれない。草薙自身の問題さえ、解決するかもしれない。

しかし、本当にそれが解決ならば、とうの昔に草薙自身が死んでいるはずだ。彼女は何故自殺しない？　それこそが彼女の答ではないか。

おそらくは、まだ空を飛べるかもしれない、という一縷《いちる》の望みが彼女を生かしているのだろう。草薙が流した涙は、ただそのためだけのものだ。もう飛べないと口では言っているけれど、まだ希望があると信じている。だから涙が流れるのだ。

それは、そう、そのとおりだ、と僕も思った。キルドレでなければ戦闘機に乗れない、というルールはどこにもない。キルドレは適性が高いというだけのことだ。現に、過去にはキルドレでないエースが何人も存在している。

そう、たとえば、ティーチャがいる。

ティーチャ……。

草薙が唯一尊敬していた男だ。

僕は、彼のことをほんの少ししか知らない。

すべては、噂、伝説。草薙が語ったものではない。

ずっと以前に突然パイロットを辞めて、姿を消してしまった英雄。今、どうしているのだろう。

草薙は煙草を灰皿で揉《も》み消し、ウィンドウを閉めた。急に滑らかな走行音に変わった。

「ティーチャは、どうしているんでしょうか？」僕は尋ねた。僕としては、話題を変えようと思ったのだ。

草薙は前を向いたまま、目を見開き。

またトンネルになった。

オレンジ色のライトが、彼女の頬から下を照らしていた。

唇が少しだけ動く。

僕の方へ、顔を一度向けて。

僕を見ただろうか。

また、前を向いてしまった。

彼女の喉が動く。言葉を探しているように。

「どうして？」草薙はきいた。

「いえ……」僕は困った。「なんとなく、思い出したから」

「そう」草薙は頷いた。

「カイさんなら、知っているんじゃないですか？」

「そうかもね」草薙の返事は乾いていた。

トンネルを抜ける。緩やかなカーブを下り始める。遠くに無数の明かりが見えた。宇宙船みたいだった。街が近づいているようだ。

4

住宅街の一角。教会ではない。単なる集会所のような小さな建物だった。僕は車の中で待っている。もう深夜なのに、駐車場には、沢山の車が並んでいて、ときどき出入りがあった。降りてくる人は年寄りが多い。一人ではない。老夫婦か、あるいは、少しだけ若い方に支えられて歩く年寄り。

草薙が出ていって、もう一時間ほどになる。エンジンを止めていたので、車内もすっかり寒くなっていた。でも、風がないだけましだろう。

一度様子を見にいった方が良いだろうか、と考えていた。なにしろ僕は彼女の護衛としてここまで来たのだ。しかし、車で待っているように、と命じられたのも事実。

シートに深く座り、上着のポケットに両手を突っ込んでいた。窓の外、駐車場の垣根越しに、明かりが見える。そちらへ人が集まっているようだった。正式な葬儀は明日だと草薙は話していた。では今は何をしているのか、僕にはよくわからない。集まっているのが、どんな範囲の人間なのかも。

小さな音がした。誰かが車のボディに触れたような音だった。僕は躰を起こして、後ろを振り返った。しかし、人影はない。風で飛ばされたものが当たったのかもしれない。

ところが、すぐ横の窓を見たとき、びっくりした。

そこに小さな人間の顔が半分だけあったからだ。

子供だ。

背の低い子供がドアの外に立っていた。車の中を覗こうとしている。おそらく、葬式にやってきた子供だろう。無視することにした。

高い声を出してなにか言っている。しかたがないので、ウィンドウを下げた。

「クリタさんでしょう?」その子が言った。

「ああ」僕は答える。「誰だ? 君は」

「乗ってもいい?」

「どこに?」

「車にきまっているでしょう」小さいわりにしっかりとしたしゃべり方だった。「運転席に乗るわよ」

「ああ」

「じゃあ、これを持って」両手を上げて、車の中へ差し出した。

紙コップだった。僕はそれを二つ受け取る。なにかわからないが、温かい飲みものだ。

子供は車の前を回り、反対側へ行く。

ドアを開けて、頭から入ってくる。そして、運転席に座った。今度はステアリングに摑まって、手を伸ばし、ドアを閉めた。すべての作業が終了すると、シートに背筋を伸ばして座り、車を運転するような姿勢で前を向いた。それから、顔を横へ向け、僕の顔を見て、にっこりと微笑んだ。

「心配しないで、運転はしないつもりだから」

「うん」僕は頷いた。「それは素敵だ」

「それ、飲んで良いわよ。あなたのために持ってきたのだから」

「どっち？」僕は両手に持っていたコップを少しだけ持ち上げて尋ねた。

「どっちでも」子供は答える。「片方がコーヒーで、もう片方はココアだと思うわ。あなたの好きな方を選んで。残ったのを私がもらうから」

「君は、ココアがいいんじゃないの？」

「そうでもないわ」

「じゃあ、コーヒーがいい？」

「いいえ。苦いのは少しだけ苦手」

僕は片方のコップの香りを確かめた。そちらがコーヒーだったので、もう一方を子供の方へ差し出した。

「ありがとう。優しいのね、クリタさんって」

「君、どこの子？」

「私は、クサナギ・ミズキ」

「クサナギ？」

「そうよ。お姉様に言われて、あなたに温かい飲みものを持ってきたの。でも、あそこは退屈だから、私もこちらの方が良いわ。だから、少しお話をしましょう」

「クサナギさんの、妹？」

「そうよ」

「へえ……、それは知らなかった」

「当たり前じゃない。初めて会ったんだもの」

「いや、クサナギ大尉に妹がいるとは知らなかった」

「まあ、そうなの？」彼女は、驚いた目を僕に向けたまま、ココアに口をつけた。「クリタさんは、兄弟がいるの？」

「いや、一人っ子だよ」

「そう」彼女はまた、ココアを飲む。瞳が人形のように瞬いた。

「お母さんが亡くなったこと、残念だったね」僕は言葉を選んだ。それを言わないのは、礼儀に反するかと考えたからだ。

「ええ。べつに関係ないわ。私のお母さんじゃないもの」

「あ、そうなのか」僕は返事をしたものの、意味を頭の中で考えた。「えっと、でも、クサナギ・スイトさんの妹なんだね？」

「そうよ。お姉様とはね、お父様が同じなの」

「ああ、そういうことか」どういうことか正確には把握できないが、しかし知りたい情報ではなかったので、遮断することにした。

「クリタさんは、お姉様の恋人？」

「違うよ。僕は、うーん、彼女のボディガード」

「ボディガードって何？」

「うんと、危険なことから守る役目の人だよ」

「へえ……。でも、そんなに強そうじゃないわ」

「うん、強くないよ」

「お姉様の方が強そう」

「そうかもね」

「嘘をついたのね？」

「いや、嘘じゃない。えっと、戻らなくてもいいの？　心配しているかもしれないよ。えっと、君のお母さん、それともお父さんと一緒なの？」

「いいえ、お母様とお父様はね、もういないの」

「え？　どうして」

「どうしてって、死んじゃったからよ」彼女はそう言うと、ココアを飲んだ。今度は目を瞑っていた。

本当の話だろうか、と僕は一瞬思ったけれど、しかし、嘘だろう、と尋ねる勇気はない。

「それは、うん、嫌なことをきいてしまったね？」

「いいえ、嫌ではないわ」彼女は目を上げる。「現実ですもの」

「現実、うん、そうか」彼女の言い方が少しおかしかったので、吹き出しそうになったのを僕は堪《こら》えた。

「私は、今は学校にいるの。学校がおうちなの」

「友達が沢山いるんだね？」

「そうよ」

「お姉さんのことが好きかい？」

「うーん、難しいわ。私のことを好きになってくれれば、私も好きになれると思うけれど」

「きっと、君のことが好きだと思うよ」

「どうしてそんなことがわかるの？」

「わかるよ。クサナギ氏とは、もうつき合いが長いんだ」

「ふうん。私はわからないのに？」

「だんだん、わかるよ。そのうちに」

「子供だって、わかると思う？」

「わかると思う」

「もう少し、ここにいても良い？」

「もちろん」

彼女はココアを飲む。僕もコーヒーを飲んだ。

車の前を人が歩いていった。フードを被っていたので顔が見えなかったが、女だ。少し離れたとき、ブーツが見えた。見覚えのあるものだった。

「ごめん、ここで、待ってて」僕はドアを開ける。持っていた紙コップを彼女に渡す。

「どうしたの？」

「仕事」

「ボディガード？」

返事をせずに、ドアを閉め、僕は走りだした。

5

低い石垣の上に飛び乗り、傾斜した芝の上をさらに走った。集会所の玄関から大勢が出てくるところが見えた。その近辺は明るい。しかし、フードの女は見当たらない。すぐ近くにいるはずだが。

周囲を見回しながら、僕は建物へ近づいた。片手は上着の内側で、ホルダのボタンを外していた。銃なんて滅多に撃ったことはない。この頃、演習にも出なくなっていたからだ。

草薙の姿を見つけた。片手で入口のドアを支えている。中から出てくる人間たちに挨拶をしているようだった。僕はそちらへ近づく。敵機を探すように、右、左、そして後方を確認。人々の囁き声だけを耳で聞きながら。

「ああ、外は寒いわね」誰かが言った。

「じゃあ、また明日」そんな声が幾つか。

コンクリートの階段を下り、アスファルトの上に出たとき、後方斜め上で枝が折れるような短い音がした。僕は振り返る。

葉が落ちた垣根の間から、銃の先が五センチほど突き出ていた。その先は、集会所の入口だ。

僕は咄嗟《とっさ》に銃を抜いて、空へ向けて引き金をひいた。
爆音。
遅れて、悲鳴。
草薙はその場で頭を下げた。
垣根から出ていた銃口は消える。
僕は石垣に飛びつき、そして、芝を駆け上った。
垣根を分けて内側へ飛び込む。
何本もの枝が折れた。地面に一度手をつく。
暗闇の中、動く相手を確認。
僕は、そちらへ走る。
駐車場の方へ。
走った。
垣根の手前で相手は止まる。
こちらを向く。
僕も足を止めた。
「誰？　クリタ？　あなた、クリタなの？」彼女が言った。
「クリタです」

「来ないで！　来たら、撃ちますよ」

「クサナギを撃とうとしましたね？」僕は近づいた。

「お願い、来ないで！」

「あなたを逃がした、僕の責任だ」

「お願いだから！」

僕は前進する。

銃声。

光。

そして、煙が見えた。

誰かがぶつかった、と思う。

そんな衝撃。

銃が地面に落ちるのが見え。

「ごめんなさい」か細い相良の声も。

彼女は垣根の中に消えていく。

遠ざかる。

枝が折れる音。

後方から、足音。

近づいてくる。

僕はまだ立っていた。

「クリタ！」草薙の声。「どこだ？」

振り返ろうとしたけれど、そこで膝を地面につく。

再び、地面が近づき、僕はそこへ蹲《うずくま》る。

撃たれたか？

どこだ？　腹か？

呼吸を整える。

落ち着け、落ち着いて。

近づく足音。

「クリタ」草薙が僕を抱き起こした。「撃たれたのか？」

「すみません」

「救急車を呼べ！」草薙が大声で叫んだ。「おーい、誰か！」

「大丈夫か？」ほかの声が聞こえた。「警察を呼ばないと」

「救急車だ！」

どたどたと幾つもの足音。

「くそう」草薙が大きく息をつく。「歩けるか？」

「わかりません」

「僕の車で病院へ行く。その方が早い」

草薙が背中を向ける。僕はそこに寄りかかった。なんとか立ち上がる。というよりも、持ち上げられた感じだ。

「しっかりしろ！」

少し気分が悪くなってきた。

「これを……」僕は片方の手を前に出す。まだ拳銃を握っていたからだ。

草薙がそれを受け取った。ポケットに入れたようだ。彼女は僕を運んだ。駐車場への段を降りるときは、一度転びそうになった。しかし、車はすぐ近くだった。

もう、周りのものが見えない。視界がとても狭くなっていることに、僕は気づいた。しかし、躰のどこかが痛いとか、寒いとか、そういった感覚はなかった。それなのに、どうして撃たれたことがわかるのだろう、と自分でも不思議に思ったほどだ。

「ミズキ！」草薙が車に近づきながら叫んだ。「ドアを開けろ」

シートの中へ僕は倒れ込んだ。脚を自分で車内に入れることができなかった。草薙が、僕の脚を一本ずつ車内へ押し込む。

「ミズキ、みんなのところへ戻って。行けるな？」

「大丈夫」

「ここにいろ。あとで戻ってくるから」

「わかった」

草薙が運転席へ回り込むのがわかった。車体が揺れて、彼女が隣に座る。ギアチェンジの邪魔をしないように、僕は手を引っ込めた。手は動かすことができる。エンジンがかかった。

「あぁ、シートを倒せば良かった」草薙が言った。「大丈夫か？　もう少しだ」

僕は無言で頷いた。

「痛いか？」

僕は首をふった。

6

草薙の僚機《りょうき》として飛んでいる夢を見た。

優雅な音楽が流れていた。何だろう、ワルツのような、ゆったりとしたリズムだ。でも、飛行機はもっと速い。木の葉のように舞った。

煙が立ち込め、視界が悪い。

僕は、必死になって周囲を探している。

キャノピィに顔を寄せて、後方を見た。

上下は飛行機を横転させ、ぐるりと空を回す。

「デッドアイ。下から来るぞ！」草薙の声だ。

即座に逆へ舵を切る。

弾筋《たますじ》を一瞬だけ見た。

ぶーんと翼が振動して、機首は下を向く。

ダイブ。

エンジンを絞る。

フラップをハーフ。

ラダーで機首を維持。

無理だ。

敵機が左へ走り抜ける。

逆へ横転。次に賭ける。その切替えが大事。

スロットルを押し上げて、上がりながら回り込む。

ロール。

草薙は下にいる。あと二機見えた。

上にも誰かいる。

巨大な黒い煙が槍のように海面に突き刺さっていて、しかし近くにあるものほど、ぐるぐるとうねっている。

メータを確認。

機体を傾けて、相手を上に捉える。

エレベータをじわじわと引く。

内側へ。

息を止める。

左。

ロール。

スロットルを切る。

フラップ・ダウン。

スロットル・ハイ。

右。

やや右。

ダウン。

足を踏ん張ってラダー。

右へ修正。

射程か。
落ち着いて。
逃げる敵機。
ＧＯ！
横転。同時にエレベータ。
離脱。
ＯＫ、片づけた。
スロットル・ハーフ。
フラップを戻す。
草薙の機体を探した。
下で炎が上がっている。一機が墜ちていく。
また槍が一本。
同じところにもう一機。こちらへ上がってくる。
「ブーメラン、飛んでいるか？」
「馬鹿やろう、右へどけ！」
右へロール。
振り返る。

スクリューしながら、僕の上を散香が突っ込んでいった。

そちらへ旋回。

草薙の前を通る機体が火を噴いた。

彼女の機体はスナップ・ロール。あれは見ているのだ。

続いて、軽やかに背面で上昇。

「下にはもういない」草薙が言った。「上は？」

「だいぶ上に二機いる」僕は見上げながら答える。「あ、でも、引き上げていく」

「ほかに誰か飛んでいないか？」

「僕たちだけみたいだ」

「くそう！」

草薙が上がってきた。

「追えるか？」彼女がきいた。

「いや、もう無理だ」

「あの二機を墜としてくるから、デッドアイ、ここで待機していろ」

「え？」

「ここへ戻ってくるから、待ってろ」

「無理ですよ。燃料がもたない」

「そのときは、そっちに乗って帰る、ってのは？」草薙が笑った。

「冗談ですか、やめて下さいよ」

「位置を確認したか？」

「はい」

「帰るぞ」

墜ちていった奴らのことを言っているのだ。ここは海の上だから、不時着しても、脱出しても、助かる見込みはまずない。

草薙は既に上昇をやめて、西へ向かっていた。

僕は武装の安全装置を確認しながら、草薙を追った。そして、彼女の後方やや上につける。

キャノピィが黄色に光っていた。

心地良いエンジン音が、このまま永遠に続きそうだ。

雲の端がちぎれ落ち、青い空に溶けだしていく。

下方を振り返ると、二機の影が、雲の上を走っていた。

キャノピィを開けたくなるほど、気持ちの良さそうな空気。

草薙は何を考えているだろう？

ふと、そう考えた。でも、次の瞬間には、自分の手を見る。操縦桿を握っている右手。

親指の爪。少し握力を緩めて、溜息をつく。躰中に力が入っていたようだ。

もう無線は使わない方が良い。

戦っているときだけ、草薙の声が聞こえる。

ずっと二人で空を飛んでいても、決して触れることはない。

彼女の手を、

彼女の頬を、

僕の手が触れることはない。

飛行機だって、近づくことは危険だ。

翼が触れただけで、トラブルになる。

それなのに、まるで手をつないで歩いているように感じられるから不思議だ。いつも黙って、僕たちは空を散歩している。森の中をジョギングするように、浜辺を散策するように。呼吸を合わせ、足取りを揃えて。翔け抜けていく。

彼女とともに飛ぶことが、僕の最上の喜びだったのだ。

ときどき、それを思い出す。

地上にいると忘れてしまう。

このひとときのために、戦っているのかもしれない。

きっと、

そう……、そうだ。

これが、愛情なんだろう。

ふっと僕の息がもれて、躰の中からわき上がってきた仄かな暖かさが、僕の喉、鼻、そして吐き出されたあとも、僕の周囲を巡った。そうだ、やっぱりそうだったのか、と思う。

これのことだったのだ、愛情っていうやつは。

それから、左手をキャノピィにつけて、冷たさを吸収した。その手を顔に当てて、体温を確認した。これが人の温度か、と思う。誰もが温かいのだろうか。草薙も温かいのだろうか。どうして、人間は温かいのだろう？ 触れなければ、それがわからないのは、何故だろう。触れるだけで、奪われるものがあるというのに。

周囲が白くなる。雲の中に入ったのだろう。

「デッドアイ、飛んでいるか？」

「ブーメラン、どこにいる？」

「ここだ。大丈夫か？」

「どこだ？ 見えない」

僕は目を開けた。

白い天井があった。眩しいのは、ライトか。

夢。

夢か。

起き上がろうとしたが、なにかが躰を押さえつけているようだった。頭を動かす。すぐ横に、草薙がいた。

壁にもたれかかっている。

椅子に座っているようだ。

眠っていた。首を傾げ、僅かに口を開けて。

「クサナギさん」僕は声を出した。

彼女の目が開く。すぐに僕を捉えた。

「あ……、起きた？」彼女は言った。顔がこちらへ近づく。

「何時ですか？」

「えっと」草薙は下を向く。時計を見ているようだ。「四時五十分」

「ああ、朝ですね、もう」

「気分は？」

「うーん、よく寝ました」

「うん、大した傷じゃない。すぐに歩けるそうだ」

「すみません。サガラさんは？」

「ああ」草薙は片手を額に当てる。「サガラは警察に捕まったらしい。さっき連絡があった」

「そうですか」僕は目を瞑って、短い息を吐いた。

「あとで、警察へ行ってくる」

「お葬式は？」

「戻ってから」

「僕も、警察へ？」

「まだ、無理だと思う」

「困ったなあ」僕は言った。

「何が？」

「一緒に行けない、クサナギさんと」

「任務は解除する」草薙は口もとを緩めた。「カイにも連絡した。もうすぐ、二人来るそうだ」

「何をしに？」

「つまり、僕とお前のボディガードだよ」

「でも、サガラさんは、もう……」

「そんなに簡単な問題じゃないってことだ」草薙が顔をしかめた。「いっそ撃たれて死んでやれば良かった。綺麗に全部終わったのに」

「それ、ジョークですか？」

「ああ、当たり前だろ」草薙が立ち上がった。「なにか飲みたい？」

「えっと、飲んでも良いのかな」

「飲んでみたらわかるさ」

「じゃあ、飲みます。冷たいものが飲みたい」

「わかった、ちょっと待ってろ」

草薙が部屋から出ていった。

少し頭を上げて、白いカーテンを見る。向こう側は窓のようだ。部屋は小さい。ほかには誰もいない。個室へ移されたということは、怪我は大したことはない。そのとおりだろう。今はまだ麻酔が効いているのか、と想像した。右手で自分の躰を調べる。包帯が巻かれているのは、腹部のようだった。左手も動いた。少し痺《しび》れている。しばらく持ち上げて、手を動かしていた。良かった、壊れなくて。これなら、また飛行機に乗れるだろう。

ドアがノックされた。

「はい」僕は返事をする。

見上げるように顔を向ける。

「ここで、待っていて」女の声が聞こえた。

ドアが開いて、入ってきたのは、情報部の甲斐だった。

「おはよう、クリタ」

「おはようございます」

　僕の横で、彼女はコートを脱いだ。

「君を行かせたことに責任を感じている。しかし、良かった、クサナギが無事で」

「はい」

「よくやってくれた」甲斐は、ベンチに腰掛けた。草薙が座っていた場所だ。「クサナギは？」

「飲みものを買いにいったみたいです。つい、さっき」

「明日にも退院できる、と医者は言っている」

「クサナギ大尉も明日戻るのですか？」

「彼女は、今日、葬儀が終わったら基地へ戻る。車は部下が届ける。もちろん、君もちゃんと送り届ける。すべて任せれば良い」

「はい」

「クサナギから、聞いたのか？」

「何をですか？」

「キルドレのことだ」

「聞きました」

甲斐は表情を変えず、躰を前傾させ、僕に顔を近づけた。

「絶対に他言するな。いいな？」

「はい、もちろん」

「誰が知っているか、どの範囲が知っているのか、そんなことも考えるな」押し殺した小声で彼女は言った。「一切を忘れろ。知っていると気づかれたら、命を狙われるぞ」

僕は無言で頷いた。

そして、記憶が消えてしまえば良い、と思った。

記憶も、そして、そんな事実も、
全部一緒に消えてしまえば良い、と思った。

外から話し声が聞こえて、草薙が入ってきた。

「おはようございます」草薙が挨拶する。「わざわざ、すみません」

「良かった、無事で」甲斐は立ち上がった。今まで聞いたことのない優しい声だった。

草薙は、缶の口を開けてから、僕にジュースを手渡してくれた。右手でそれを受け取った。頭を少し持ち上げると、彼女が、僕の後ろにクッションを重ねてくれる。僕はジュースを口に運んだ。一口飲む。それが喉を通るのがわかった。とんでもなく美味かった。

「外にいる男が、ずっと一緒だ。一人はクサナギについていく。もう一人はここに残る」

「わかりました。でも、もうなにもないと思います」草薙は言った。「それとも、まだ、私が自殺するのを警戒しているのですか？」

「それもある」甲斐は微笑んだ。「ないとはいえないだろう？」

「そうですね」草薙は小さく頷いた。「本当のことをいえば、自殺は飛んでいるときにしたいと考えています。でも、これを言ったら、飛ばせてもらえなくなるでしょうか？」

「怪我人の前で、あまり上品なジョークではないな」甲斐がメガネを持ち上げて言う。

「失礼しました」草薙は僅かに顎を上げた。

7

甲斐が出ていったあとも、草薙は病室にいた。椅子に腰掛けて目を閉じていた。疲れているのだろう、と僕は心配したけれど、そのうち僕も眠ってしまった。

朝食が運ばれてきたとき起こされ、草薙もそのときに病室を出ていった。片手を軽く上げて、目で挨拶をしただけだった。まるで空にいるときのように。

とにかく半分くらいを食べた。食欲がないのではなく、量が多かっただけだ。

それから、何故か急に胸騒ぎがした。でも、どうすることもできない。午前中に医者が病室へ来て、幾つか僕に質問をした。傷口を見ることはしなかった。そのあと、白衣の女性が入ってきて、傷口のガーゼを取り替えた。少しだけちくちくした。僕は目を瞑っていた。傷口なんか見たくなかったからだ。

昼食は食べなかった。眠っていたかった。たぶん、薬のせいだと思う。

また、空を飛んでいる夢を見た。やっぱり草薙と一緒だった。

目が覚めたときには、とても気持ちが良かった。こんな毎日だったら病院の生活も良いな、と思えたくらい。ただ、目覚めて時間が経つにしたがって、だんだん気分が沈んできた。つまり、ベッドに横たわっている自分の重さみたいなものが、どうしようもなく不自由に感じられるのだ。立ち上がるのさえ嫌になる。むしろ、目を瞑って、無理にでも眠ってしまった方が良い。たとえ眠れなくても、目を瞑ってじっとしている方が良かった。青い空と白い雲をイメージできるからだ。目を閉じた方が明るいなんて、不思議だ。

夕食を半分ほど食べた。スプーンを置いて、クッションにもたれかかったとき、ドアがノックされて、甲斐が部屋に入ってきた。

「君は、明日病院を出る。車で近くの基地へ移動して、そこからは飛行機だ」僕の横に立って、彼女は事務的に言った。

「了解」僕は返事をする。しかし、それは既に聞いている内容だった。こんなことのために、彼女が来たはずはない。

「若干の変更があった」彼女はそこで一度言葉を切った。これを言いにきたのだな、と僕は思う。「君は配置替えになった。転属先は未定だ。ひとまずは、我が社の療養施設に入る。そこで指示を待つように」

「あの基地へは戻れない、ということですか？」

「そうだ」

「僕の荷物は？」

「もちろん、届ける」

「わかりました。クサナギ大尉は、知っているのですか？」

「これから知らせる。彼女に人事の権限はない」

「また、復帰できますか？」

「復帰？」

「戦闘機に乗れますか？」

「怪我が治って、検査に合格すれば」

「今でも、合格できると思います」

「以上だ。ほかに質問は？」甲斐はメガネを指で持ち上げた。

「ありません」僕は首をふった。

「では、今後も、最適の健闘を」甲斐は、片手を差し出した。僕はその意味に気がつくのに時間がかかった。

接触に近い握手。

手を戻す。

「すみません。一つだけお願いが」

「何だ？」

「クサナギ大尉に電話をかけても良いでしょうか？」

「私の許可が必要な事項とは思えないが」

「すみません、ありがとうございます」

僕はベッドで座ったまま敬礼をした。

甲斐は部屋から出ていった。通路を遠ざかる彼女の足音を僕は聞いた。

目の前には、プラスティックの食器が並んでいる。沼の底みたいに食欲がなかった。飲みたくもなかった。可能ならば煙草が吸いたい。車で移動するのなら、そのときに吸えるかもしれないな、と想像した。

基地の僕の部屋に残っている荷物なんて、僅かなものだ。段ボール箱が一つあれば収まってしまうだろう。全部捨ててもらっても良いようなものばかり。なにか一つくらい大事なものがなかったか、としばらく考えてみたけれど、思いつかなかった。友達からもらったものとか、ずっと小さい頃から持っているものとか、一つくらいあっても良さそうなものなのに、僕にはなにもない。ものに対する執着がないせいだろうか。

それから、土岐野や笹倉のことを少しだけ思い出した。だけど、それだけだ。また会いにいきたいとか、そういう気持ちはない。車窓を流れる風景の一つとして、もう処理が始まっていた。

眠くなってしまい、数時間また眠った。

白衣の女性が部屋にやってきて、ガーゼを取り替えた。大変良好です、と彼女はポスタみたいに微笑んだ。電話をかけたい、と僕は話す。彼女は頷いて、ベッドから起きられますか、ときいた。

僕は躰を起こして、ベッドに腰掛けてみた。頭の血が下がるのがわかった。これはエレベータを引いたときと同じ感覚だった。飛行機乗りにはごく日常のことだ。

傷口は痛まない。ただ、その部分が重いだけだった。ベッドのバーに掴まって、僕は床に足をつけて立ち上がった。

「どう？」彼女がきいた。

「床が冷たい」

「スリッパを」彼女がそれを持ってきてくれた。

片方ずつ、足をスリッパに入れた。

「大丈夫？」

「大丈夫です」

「歩けますか？」

「たぶん」

僕は歩いた。彼女が最初は片手を握っていたけれど、その援助も不要だった。もう自分一人でどこへでも行ける、と思った。

病室を出てすぐのところに明るいコーナがあって、カウンタの中に入った。そこに電話がある。彼女は壁際にあった椅子を運んできてくれた。

「痛くありませんか？」

「全然」僕は首をふった。

椅子に腰掛けてから、電話をかけた。カウンタの内側に時計があった。二十一時を少し回っている。草薙がオフィスにいるか、少し心配だった。

コールが二回。

「はい、クサナギです」

「もしもし、クリタです」

「あぁ……」溜息のような空気の音。「具合は？」

「電話をかけるために歩いてきました」

「どこまで？」

「いえ、ほんの少しです。十メートルくらい」

「明日、退院だって？」

「ええ、どこかへ連れていかれるみたいです」

「この際だから、ゆっくり休めば良い」

「そうですね」

僕は何を話そうか、と考えた。どうして、電話をかけようと思ったのか、それを思い出そうとした。だけど、なにも出てこない。理由は、言葉ではないものだったのかもしれない。

「あの……」

「何？」

「また、飛びたいです」

「飛べるさ」

「クサナギさんと、一緒に飛びたいです」

「僕は、飛べないかもしれない」草薙が言った。

「飛べると思います」

「うん、あまり、考えたくないな」

「どうか……、お元気で」

「元気？」草薙は息をもらす。

「最適の健闘を」

「最適の健闘を」

「お元気で」

「ああ、わかった」

「いつか、空で」

「うん」

「死なないで下さい」

「お前もな」

「お元気で」

「わかったって。何度も言うなよ」

「どうか、お元気で」

episode 4: rolling circle

But I want first of all —— in fact, as an end to these other desires —— to be at peace with myself. I want a singleness of eye, a purity of intention, a central core to my life that will enable me to carry out these obligations and activities as well as I can. I want, in fact —— to borrow from the language of the saints —— to live in grace as much of the time as possible.

第4話 ローリングサークル

しかし私は何よりも先に、——こういう他の望みもやはりそこを目指しているという意味で、——私自身と調和した状態でいたい。私は今言ったような義務や仕事に私の最善を尽すために、ものをはっきり見て、邪念に悩まされず、私の生活の中心に或《あ》るしっかりした軸があることを望んでいる。要するに、——聖者たちの言葉を借りるならば、——私はなるべく「恩寵《おんちょう》とともに」ある状態で生きて行きたいのである。

1

療養所は六人の部屋で、若いパイロットばかりだった。その中で、話ができたのは、僕ともう一人。歩くことができたのは、僕だけだった。当然ながら、僕も、そのもう一人もほとんど口をきかなかったから、部屋はいつも静かだった。躰の一部を動かす音しかしなかった。

一週間ほどで退院になったけれど、次に配属されたのは、研究所と呼ばれている施設で、そこで開発中の機器の試験をする役割だった。といって、飛行機に乗れるようなテストパイロットではない。躰にテープでセンサを貼り付けられ、スクリーンの映像を見たり、スイッチを操作したり、そんなことの繰返しだった。

一番の楽しみといえば、ベルトコンベアの上を走る機械だ。心拍や呼吸を測りながら運動をする。最初は、測定のためにやっていたのに、許可を得て、トレーニングのために使わせてもらった。屋外に出ることが許可されていなかったからだ。

自分の部屋も同じ建物の中にあって、窓からは中庭しか見えなかった。でも、窓を開けると、いつも複数の車が走る音が聞こえた。近くに交通量の多い道路があるのだろう。町中なのかもしれない。ここへ来たときには、外が見えない車に乗せられてきたから、場所もわからないのだ。まるで囚人みたいだな、と僕は思った。ほかにも僕のような人間が数人いるようだった。けれど、お互いに話ができるような機会はまったくない。

少し古い雑誌を読むことが、僕のプライベートな時間の大部分だった。ときどき、僕のために段ボール箱に入った雑誌がどっさりと部屋に届く。僕はそれらを一冊ずつ取り出して、ページの中を吟味しながら、三種類くらいにわけて床に積む。面白そうなもの。そうでもないもの。読まないと思うもの。それが済んだら、自分の部屋にある既に読んだ雑誌を箱の中に詰める。部屋に残しておきたい雑誌はいつも一冊もなかった。雑誌は、だいたい半年くらいまえのものが多かった。

二週間か三週間に一度、その箱が来た。四回めのとき、僕は婦人雑誌の中で草薙《クサナギ》水素《スイト》の写真を見つけた。それがなかったら、確実に読まない分類に入れていた雑誌だった。一ページの四分の一くらいの記事で、写真はさらに小さくて白黒だ。横顔で、いつものように笑っていない。制帽を被っていた。髪が短いから、だいぶまえの写真に思えた。その記事は、本社の創立記念の式典で、草薙がアクロバット飛行をしたことについて書かれていた。このときは、僕も彼女と一緒に本社のある街へ飛んだので、よく覚えている。今でも、その飛行パターンを思い描けるほどだ。ただ、記事には飛行のことは詳しく書かれていない。草薙大尉は、パーティには姿を見せなかった、とだけある。ということは、写真は別のときのものなのだろう。

　その記事を切り抜こうと思った。今までに、本を切り抜いたことは一度もない。初めてのことだった。カミソリの刃を外して、僕はそのページの四分の一を綺麗に切り取った。

　さて、切った紙切れをどこに保存すべきか、と考える。本に挟んでおくのが良いだろうか。しかし、本など持っていない。僕の持っているものといえば、衣料品だけだ。それに、まえのときみたいに、いつまた別の場所へ移動になるかわからない。ライセンスのカードがある。これを薄いカード入れに収めて、認識票と一緒に首にかけていた。このカード入れが適当だろうと思いつく。これならば、いつも持っていられる。写真のところに折り目がつかないように注意して折り畳み、僕はその切抜きを仕舞《しま》った。

　二度と草薙水素と会うことはないだろう、というあのときの予感は当たっていた。電話で話す機会さえない。常に監視されているし、休暇を取ることもできなかった。建物から一歩も外へ出られないのだ。いつまでこうなのですか、と尋ねると、もう少しの間だ、という返事。けれども、それほどショックでもなかった。何故なら、特に嫌な仕事をさせられているわけではない。どちらかというと、楽すぎる。躰が鈍《なま》ることが心配なくらい、毎日が暇だった。これまでの僕の人生で、一番のんびりしているかもしれない。

　飛行機に乗れないのは、もちろん苛立たしい。ただ、危険と隣り合わせではない、自分のすぐ近くに命の危険がない、という状況が、いかに人をリラックスさせるのか、ということがだんだんわかってきた。

とにかく、この頃の僕は、とても穏やかだ。嫌なことをあまり考えない。夢を見ることも少なくなった。夜はぐっすりと眠れる。毛布を被ったときの心地良さを感じる。実験室の壁にかけられたカレンダの写真が面白いと感じる。そう、子供たちが何人か、こちらへ向かって駆けてくる、そんな写真なのだが、その表情がとても微笑ましい。それを見るたびに、何度でも僕は笑うことができた。なんとも不思議ではないか。たぶん、子供の頃には、こんなふうだったのでは、と少し考えた。僕は両親に愛されて、可愛がられて、甘やかされて育った。学校では、友人がほとんどできなかったから、家に帰るのが楽しみだった。母が迎えにきてくれる。その母の笑顔を見ることが楽しみだった。母が喜んでくれるから、学校へ行っていたように思う。

飛行機乗りになると言ったとき、母は大反対をした。彼女に逆らったのは、あの一度だけだった。しかし、僕には、それくらい魅力的なものに思えたし、実際、想像よりもさらに素晴らしく、僕にうってつけの仕事だった。生きていく方法が見つかって素直に嬉しかった。

でも、普通の人たちは、きっとこんなふうに退屈で安全な生活を毎日しているのだ。それがわかった。飛んでいるときには、こうなることが怖かったけれど、これはたしかに穏やかだ。周囲を見回さなくても良い。敵を探さなくても良い。

たぶん、今の僕は、そうやって自分を説得しているのだろう。これが人間だ、これが人間だ。

「しかたがないよね、人間なんだから」

草薙も、いつまでもは飛べないだろう。ああなってしまったのだから、それは必至。だけど、大丈夫、安全な生活がきっと彼女を優しく待っている。それを受け入れさえすれば、穏やかな気持ちにさえなれば、すべてが上手くいくはずだ。こちらの方が簡単なんだって、きっと理解できるだろう。そう、きっと。

けれども……、

一つだけ不安はある。今の僕が、本当に僕なのか、ということだ。ほんの少しだけ、僕の一部が警告し続けていた。小さな小さな黄色いランプが点滅して、異常を知らせているのだ。ブザーも鳴らない。ただ静かに、ゆっくりとしたインターバルで、警告灯が光る。

異常だ。僕は異常だ。

間違っている。このままではいけない。

そう知らせている確かな予感みたいなもの。

そして……、

それは、僕の胸にぶら下がっている、カード入れから発しているように思えてしかたがなかった。そもそも、あの記事を切り取ったのも、その同じ警告回路だったのではないか。

ずっと、永遠に警告を続けているつもりか？

穏やかさの中に、心臓の鼓動みたいに、その点滅がちらつく。動くものは、それだけ。小さく小さく、黄色く光る。

こうして、考えているだけで眠くなるし、また、気がつくと次の日になっていたりする。思い出して、カード入れを引っ張り出し、草薙の写真が入っていることを確かめたことが何度もある。いつだっただろう？ 記事を切り抜いたのは、いつだったのか。あのとき使ったカミソリはどうしたのだっけ？

ベルトの上を走る。デジタルの数字が変わっていくのを眺めている。汗が流れる。歩調は呼吸のリズム。でも、心臓は別。どうして、こんなに躰が重いのだろう。何故、僕は空へ帰れなくなったのだろう。どこで間違えた？

渡り鳥になったら、ずっと飛んでいられるだろうか。力の限り飛んでいられるだろうか。飛べなくなれば、海へ落ちていく。それが本当の生き方だったのに、今では、落ちていくところは暖かい毛布の中。心地良い睡眠。

毎朝起きると、今日も飛べない、と思う。

毎日、もう空はどこにもない、と思う。

でも、生きているし。

呼吸をしているし。

こんな場所で、空も見えないような場所で、

人間は生きていけるものなのだ、と気づいて。

これが生きている状態だ、としたら。

死んでいるのかもしれないじゃないか。

可笑《おか》しいことも、悲しいことも、ない。

触れるものに触れて、冷たい、温かい、と感じるけれど、

でも、これが生きているということだろうか。

僕の中を流れる血が、僕を生かしているのは、何故だろう？

何の目的で、肺は呼吸を繰り返すのだろう。

新しい雑誌の箱が届いても、もう開けなくなってしまった。新しいものは、そこにはない。否、新しいものは、もういらない。僕の中だけで、血液は循環している。外へ流れ出ることはない。人間は閉じているのだ。ぐるぐると考えも巡る。出されたものを口に入れ、ただ消化する。言葉に従って、ただ目を開けて、そして閉じて。口を開けて、また閉じて。とにかく、壊れないようにしなければ。止まらないようにしなくては。

けれど、

暗くなっていく窓ガラスの色を眺めて、

冷たい壁にもたれかかっているとき、
ふと、僕は思い出す。
あの窓の色は、ずっと上の方から来た光だ。
雲があって、その上にも雲があって、
さらに上には、もうどこまでも綺麗なブルー。
太陽だけが浮かんでいて。
そこを、真っ直ぐに、
泳いでいく。
飛んでいく。
軽やかな振動。
そっと握り締める手。
ゴーグルとキャノピィを通して、
僕の目に飛び込んでくる輝きがあった。
ほんの少し右へ躰を倒すと、自然に、世界が反対へ回る。
上が下へ、右は左へ。
空気を切る音。
フルートのような。

白い筋がすっと現れ、たなびく。
鳥だってここまでは上がってこない。
広く。
綺麗な。
空気の上澄みが、僕たちを浮かせて。
響き、叫び、唸り。
震え、擦《こす》れ、刻み。
革命も低い。
式典も低い。
どんなイベントもずっと下。
下、下、下。
ここまでは上がってこない。
知っているんだ。
僕は、ここを知っている。
ここへ来られたことを、誇りに思って。
ここにいるすべてを敬い。
ここにいるすべてを愛し。

また、きっと、いつか、
ここへ戻ってくることを誓って。
掠《かす》め、切り、摑み、放ち。
返し、戻し、仰ぎ、潜《くぐ》り。
突き、抜き、振り、嚙み。
撃ち、捻《ひね》り、抉《えぐ》り、倒し。
舞え。
散れ。
砕け。
知っているんだ。
命がここにあることを。
僕の命も、
君の命も、
すべてがここにある。
ここにあった。
墜ちていった奴らの命さえも、
ここにある。

ずっと……。

甘く、淡く、続く、命。

赤く、熱く、迸《ほとばし》る、血。

膨れ上がる火炎。

突き刺さった破片。

あとから追ってくる爆音。

知っているんだ。

ここを。

僕は、ここを知っている。

だから、

きっと、ここでしか、僕は生きられないだろう。

空。

空。

ここでしか、知ることはできない。

そして、その輝きが静かに途絶えて、僕の前にあるガラスの色は黒くなっていく。夜が外側に被さって、すべてを隠してしまう。

ドアがノックされた。

そろそろ夕食か、と思い、僕は立ち上がって、ドアまで歩く。

そこに立っていたのは、制服の男だった。

「クリタ・ジンロウ」彼は僕の名を呼んだ。

僕は通路に出て、彼の前に立つ。敬礼をした。久しぶりだった。

「辞令だ」封筒を差し出して男は言った。「移動する。三十分で出かける支度を」

「どこへですか？」

「行けばわかる」

「了解」

2

ワンボックス車の後部シートに座った。もう一人、同じ施設にいた若い男が僕の隣に乗った。彼も異動になったようだった。助手席には、辞令を持ってきた男。運転手は若い女だった。

「車で七時間ほどかかる」助手席の男が振り返って言った。「この車は途中までだ。中継地点でバスに乗り換える。眠っていてもかまわない」

「どんな任務なのかは、まだ伺えませんか？」僕は尋ねた。

「明日の午前中に説明がある。心配するようなことではない」

「心配はしていません」

「急遽、大きな作戦が実行されることになった。緊急の人員補塡だ」

作戦、人員補塡という言葉を、僕は頭の中で解析した。懐かしい響きだった。しかし、まだ雲がかかったように、頭がぼんやりとしていた。

建物の中よりも、車内は温度が低かった。金具はどれも冷たい。手を触れて、自分の躰を冷却しようとしていた。冷たくなれば、頭がもっとクリアになるような気がしたからだ。

車道に出て、通りを走り始めた。道路の向かいには大きな工場らしき建物があった。振り返ると、僕たちがいた建物も、似たような雰囲気の構造物だった。窓が少なく、倉庫のようにも見える。道路は片側三車線で真っ直ぐ。大きなトレーラやタンクローリィが多い。こんな場所にいたのか、と改めて思う。

「私は、情報部のコシヤマという」助手席の男が振り返った。「二人とも、体調は？」

「問題ありません」僕はすぐに答えた。

「そっちは？」僕の隣の奴を見てきいた。

「大丈夫だと思います」隣の男が答える。眠そうな目をしていた。

窓の外の流れるライトをぼんやりと眺めているうちに、僕は眠ってしまった。一度起きたときには、ハイウェイのガードレールが延々と流れていた。もうバスに乗っているのか、と思ったけれど、それは勘違いだった。そっと隣を見ると、彼も顎《あご》を襟《えり》の中に沈めて眠っていた。

　速度が落ちたことに気づいて、目を覚ます。オレンジ色の眩しい光が、空の高いところで輝いていた。着陸する旅客機みたいに。ドライブインの照明塔だった。

　ここで車を乗り換えて、僕たちは大きなバスに乗り込んだ。一番後ろのシートに腰掛ける。既に十五人ほどが乗っていたようだ。全員がパイロットだろうか。それはよくわからない。僕たち二人が乗り込むと、バスはすぐに発車した。僕たちを連れてきた男はバスには乗らなかった。そいつが、手を挙げて見送る姿を、バスの後ろの窓から僕は眺めていた。

　誰も口をきかなかった。やっぱりパイロットだろう、と僕は思った。こんなところでおしゃべりをする奴は、パイロットにはいない。ここまで一緒に来たもう一人は、どこのシートに座ったのか、もうわからなかった。

　左右にゆっくりとした周期で揺れながら、ハイウェイに出ていく。加速は鈍《にぶ》かった。この種のバスに乗るなんて久しぶりだな、と僕は考えていた。子供の頃に、遠足で乗ったことがある。がたがたと不機嫌そうなエンジンの音が気持ち悪かったけれど、でも、車なんだから墜ちるわけでもない。どこだって停まることができるのだ。道があると、そういう便利さはあるな、と思う。そんなことを考えている自分が可笑しい。こんな感覚は、近頃ではなかったものだ。何だろう？　まるで薬が切れたみたいに、頭がクリアになっていく。

薬？　もしかして、なにかの作用だったのだろうか。

単調な振動には慣れているけれど、車は飛行機よりもごつごつとしている。それに、これからのことを少しでも考えると、眠れない。珍しく興奮している自分が自覚できた。山を越えて、空が白んできた頃には、平たい田園の中を道は走っていた。僕は目を閉じて、少しだけ眠った。

尾翼が震える音で目が覚める。バスの車体の振動音だった。駐車場に停車していて、もうすっかり夜は明けていた。

前のドアが開く。男が一人乗り込んできて、降りるように指示をした。

大きな鞄《かばん》を持っている奴もいた。今までまるで気づかなかったが、女性も二人いたようだ。誰も口をきかず、静かにバスから降りた。僕は最後尾だったので、一番最後に外へ出た。

砂利が敷かれている。バス以外には、大きなトラックが四台並んでいるだけ。少し離れたところに、丸い屋根の大きな構造物。その向こうには四階建てのビル。そして、そのほぼ中央に一段と高いところがある。明らかに管制塔だ。

僕は周囲を眺める。太陽で眩しい方角から、一機が低い高度で近づいてくる。着陸するようだ。みんなもそちらを見た。少し遅れて、エンジン音が聞こえてくる。

「いい音だ」誰かが呟《つぶや》いた。

3

広い食堂で温かいスープとパンを食べた。美味しかった。新しく来た者のほかにも、沢山のパイロットがいるようだ。食堂にいただけでも五十人以上いたと思う。

十時からミーティングになった。まず、全体ミーティングということで、大きな部屋で説明を受けた。集まった人数は百人ほどだった。

出撃は約三十時間後。明日の午後になる。それまでに、チームを編成し、個別のミーティングを開く。機体の調整が必要な者は、本日午後の四時間のうちに飛行演習をするように。飛ぶ時間は一人十分。明日の午前十時、すなわち二十四時間後に最終ミーティングがある。最終決定はそこで発表される。実行されない確率も三割ほどあるだろう、との説明だった。チーム編成がスライドで発表され、それに従って、次の部屋へ移動した。

今度は十五人ほどがいる部屋だった。僕の知った顔は一人もいない。自己紹介もなかった。

編隊のポジショニングがスクリーンに表示されたとき、コードネームを呼ばれ、一人ずつ手を挙げた。僕は前から二番めだ。リーダの名前と、ほかに三人だけはメモに書き留めた。武器の装備についても詳しい説明があった。夕方にもう一度集まることになり、それまでに飛行機と武装のチェックをするように指示された。解散になったあと、リーダが僕を呼んだ。

「クリタは、Ａ５格納庫へ行け。散香《サンカ》マーク７Ｂがある」

「誰の機体ですか？」

「新品ではないが、比較的新しい。十四時二十分から四十分の間に一度浮かせておけ」

「はい」

「武装はそのあとでも良い。躰は大丈夫か？」

「できれば、飛ぶまえに武装を。重い方が良いです」

「うん、ではそうしろ」

　さっそく外に駆け出て、格納庫へ向かった。大きなところで、中に六機の散香があった。僕の機体は一番手前だ。整備士を見つけて、まず打合せをする。若い男で、ツナギの上に赤いジャンパを着ていた。試験飛行を三時間半後に行うと僕は話す。

「今すぐでも飛べますよ。燃料さえ入れれば」

「武装をしてほしい」僕は、資料のファイルから該当のページを広げて見せる。

　整備士は顔を近づけて目を通した。近眼のようだ。

「わかりました。できると思います」

「無理だったら、もちろん、全部でなくても良い」僕は言った。「重量のだいたいのバランスが見たいだけだから」

「マーク7の経験は？」

「ずっと、これに乗っていた。でも、この三カ月ほどは一度も乗っていない」

「怪我をされていたのですね？」

「うん」

「こいつは、エンジンは最高ですよ」

「じゃあ、頼む。一時間後にまた見にくる」

　宿舎に荷物を置きにいった。宿舎といっても、二段ベッドが二つ並んだ狭い部屋だ。もう一人、ベッドの上で資料を読んでいる奴がいた。僕は隣のベッドの下に荷物を押し込んだ。それから、シャワールームで頭を洗い、歯を磨いてから、食堂へ行き、熱いコーヒーを飲みながら、資料を読んだ。

　タイムテーブルには、時刻や位置を示す部分が空白になっている。明日、発表があるのだろう。しかし、だいたいの流れは把握できる。この基地から飛び立ち、途中で別の部隊と合流する。そのまえに偵察チームが二波、その結果によって、四ケースのスケジュールが用意されていた。爆撃機を護衛するチームもいて、こちらは進路が少しずれている。また、別の進路へ途中から分かれる部隊もいて、おそらくフェイントだろう。

　僕たちは先行部隊で、最も早く前線に到着する。これだけのプロジェクトは一年か二年に一度、という大がかりな規模だった。パイロットの人数が必要になって、急遽掻き集められたというわけだ。

　このプロジェクトに、草薙の部隊も参加しているだろうか、と僕は考えた。同時ではないにせよ、おそらくは飛ぶことになっているはずである。でなければ、三カ月も飛んでいない僕みたいな半端者《はんぱもの》をわざわざ連れてくるはずがないじゃないか。

　資料を二度読んでから、残っていた冷たいコーヒーを喉に流し込み、僕は格納庫へ戻った。

　整備工は主翼に潜《もぐ》り込んでいた。ハッチが開いている。すぐ近くにある電動台車に機銃のカートリッジが積まれていた。台車にリフトが付属しているから、一人で装塡《そうてん》できるようだ。ほかの散香にも、すべて整備工がついていた。カウルが外されているものもある。しかし、すべてが明日飛ぶことになるのは明らかだ。

「問題は？」僕は主翼の前縁近くでしゃがみ込んできいた。

「ありません」若い整備工は答える。「もうあと一時間くらいで終わります」

「飛んだあと、直してもらう箇所が出るかもしれない」

「ええ、わかっています」

「時間はある？」

「もう一機、面倒を見ないといけないんですけど、でも、大丈夫ですよ。まだ丸一日ありますから」

「乗ってみるけど、良いかな？」

「ええ、どうぞ」

僕は主翼の上にのり、コクピットに入った。

シートに座り、まずその位置を調節。

操縦桿を握り、左右を見てポジションの確認をした。

ラダーに足を置く。少しだけ押して感触を確かめる。

スロットル・レバーに左手をのせる。ロックボタンに指を。

深呼吸。

シートにもたれて、ベルトを締める。

目を瞑《つむ》った。

躰が沈んでいくように感じた。

飛行機に溶け込むような感覚だ。

散香に、僕が同化する。

早く飛びたい、と思う。

飛ばせてくれ、と願う。

青い空が、いつでも瞼に現れる。

焼きついているのだ。

目を開けて、もう一度ゆっくりと呼吸をした。

落ち着け。これは仕事だ。

いつの間にか、夢のように憧れている。

そうじゃない。

郵便配達人がポストに手紙を投げ込むように、

舵を切って相手の機体を射程に入れるだろう。

これは仕事だ。

料理人がフライパンの上で調味料を振るように、

僕の親指は短くトリガを弾《はじ》くだろう。

皿を洗うように、横転して、離脱する。

そうだ。

落ち着け。

資料のファイルを広げて、もう一度最初から読むことにした。

今までの経験からして、おそらく海の上だろう。これだけの数の戦闘機が出会える場所はほかにない。最初に合流する地点の想像がだいたいつく。草薙の部隊が上がってくるとすれば、ここか。否、この資料にはない別の流れが、まだあるはず。自分たちは第二波かもしれない。時間帯が多少遅いからだ。

草薙は飛ぶだろうか。

おそらく飛ぶだろう。土岐野《トキノ》もみんな飛ぶだろう。どんな編隊を組むのか。僕が抜けたあと、補充要員はあったのだろうか。

十五分ほどして、下で音がしなくなったので、コクピットから出てみると、整備工はいなかった。台車もない。どこかへ次の装備を取りにいったのだろう。格納庫の前に出て、煙草を吸うことにした。

空は低い雲に覆われている。雪が降りそうな、そんな冷たい風が吹いていた。

整備工が格納庫の奥から姿を見せる。倉庫は奥の地下にあるようだ。彼に片手を上げてから、僕は少し歩くことにした。滑走路を見ておこう、と思ったからだ。それに、歩いている方が躰が暖まる。本当は、少し走りたい、と感じたほどだった。

滑走路が見渡せる場所まで来ると、その向こう側、遠いところを走っている人間の姿が数人見えた。固まって走っているのではない。みんな一人ずつ、ばらばらだった。同じように考えている人間がいるということ。だいたい、似たようなタイプが、この仕事に就《つ》いている、といえるかもしれない。

飛ぶまえにしなければならないことは、飛行機の整備と、パイロット自身の心のコントロールだ。これまでにもいろいろ試してみたけれど、結局はなんでも良い。走るのも、本を読むのも、音楽を聴くのも。いずれも、時間は緩やかにでも、必ず前進する。秒針を見守っていなくても、ちゃんと時間はやってくる。

そして、どんな不安も、ひとたび地上を離れれば、嘘のようにすっかり消えている。

タイヤが地面を擦《こす》っている間はまだ駄目だ。右手に握った操縦桿ただ一本で、すべてが支えられている、この右手が自由のすべてを握っている、ということがわかるまでは、不安は消えない。

その自由さえ摑めば、もうなにも怖くなくなる。

どんどん高さを増し、やがて雲の上に出る。

すべてはさらに美しくなる。

屈辱も、栄光も、

敗北も、勝利も、

そして、生も、死も、

すべてが美しい。

すべてを、この右手がもたらすだろう。

すべてが、僕たちのものだ。

それを思い出す。

だから、

その時間までは、じっと静かに、黙って待とう。

待っていることが、つまりは地上で生きていることに等しい。

歩くつもりだったけれど、気がつくと、軽くジョギングをしていた。ときどき、ほかのパイロットとすれ違った。誰も目を合わさない。フードを被っている者、サングラスをかけている者、だけど、下を向いている奴は一人もいない。みんな地面からは離れたがっている。たぶん、それだけを願っているだろう。早く、空へと。

滑走路から戦闘機が飛び立っていった。走りながら眺めていたら、五機が離陸した。視界が悪いから、上がるとすぐに見えなくなった。エンジン音だけが聞こえる。おそらく調整のためのテスト飛行だろう。時計を見て確かめる。まだ僕の順番まで二時間もあった。

4

テスト飛行はあっという間に終わってしまった。すべて順調だった。操縦桿を握ると、自然に躰も頭も動いた。トリムを調整し、地上の整備士と無線でやりとりをする。メータの記録もすべて彼が取ってくれた。僕はただ、機械の一部となって、滑らかに動けば良い。それでも、雲の上の輝かしさは、本当に懐かしかった。そう、ここだ。ずっと夢に見てきた場所だ、と思った。

武装の重さ、バランスも問題がなかった。すべてのテストが済んだところで、右に五回転ほど回し、止めて、すぐに左に五回転させてみた。ロールの軸は、僕の胸のあたりにあった。上出来だ。舵の遊びは少なく、まだまだ若い飛行機だとわかった。でもフィーリングはすぐに慣れる。エンジンも申し分ない。ちょうど慣れてきた頃ではないか。それほど飛んでいない飛行機だということは確かだ。飛行機があってもパイロットが不足している、というのがこの頃の傾向らしい。

躰もすぐに暖まり、心もたちまち自信に満ちた。

素晴らしい。

散香も、そしてこの空も。

生きていること、そして、この僕も。

大丈夫だ。

もう大丈夫だ。

管制塔から呼ばれて、旋回しながら降下した。

雲の下の濁った空気の底に、滑走路が沈んでいた。

そこへ僕の散香も沈んでいく。

コースに進入し、横風のためにサイド・スリップ気味でランディングした。格納庫へタキシングしていくと、あの若い整備工が笑顔で出迎えた。キャノピィを開けて、親指を立てて見せる。あの男の名前をきいておこう、と思いついたけれど、でも、明日飛んだあと、もう僕はここにいないかもしれない。明後日はどうなるのか？　そういえば、まだ聞いていない。もしかして、またあの研究所へ戻るのだろうか。

飛行機から降りて、地面を歩いているうちに憂鬱になってきた。心配事を探して気持ちを沈ませるのが、地上の傾向、つまりは重力の作用なのではないだろうか。飛ばないようにできているのだ。躰も精神も、どちらも重くしておけば、飛ばない。飛ばない方が安全だから。

夕方のミーティングでは、同じチームの連中と少しだけ話をすることができた。その後の夕食も一緒だった。

もちろん、個人的な話は出ない。散香の特性についてのマニアックな話題が多かった。同じ機体、同じバージョンでも、個々に少しずつ特性が異なる。一番違うのはエンジンだが、それ以外にも、設定によって変わるものがある。トリムの設定が乗り手によって異なる。また、同じ動作をするときも、人によって使う舵の順番や量が違うことがある。パイロットどうしが話すのは、そんな些細な情報交換だ。こうすれば、こういった場合には僅かに有利になる、だけどこんなときには逆に不利になる。すべては一長一短あって、最善の手法はない。だからこそ、ばらついているのだ。

アルコールを飲む奴もいた。僕は飲まなかった。十九時半には解散になって、明日の朝の全体ミーティングのあとに集まるように、とリーダから告げられた。

僕は部屋へ戻って、ベッドに寝転がっていた。雑誌の一冊くらい持ってこようか、と迷ったけれど、でも、きっと読めなかっただろう。目を開ければ、ベッドの上段の裏面が見える。目を瞑《つむ》れば、雲の上の青さをバックに、パターンが幾筋も曲線を描く。その中へ、自分が吸い込まれていくように、トレースできる。相手が次にどう動くのか、常に複数のパターンが現れて、そのたびに、右手が震えるように動いた。眼球が小刻みに揺れて、顔もそれにつられて微動する。

シャワーを浴びようか、とも考えたけれど、毛布の中で躰が暖まっていたので、そのまま寝ることにする。でも、一度起きて、歯を磨くことにした。

明日のことを考えるだけで躰が震える。楽しみだ。

そして、ベッドの毛布の中で、僕はとても幸せだった。

夢を見ることもなかった。

翌朝、自然に目覚め、まず、全体ミーティングに出席した。資料の空欄に数字を書き入れていく。だが、飛んでいるときにそれを読むことはない。だいいち、大勢で飛ぶのだから、迷子になることもないだろう。途中で不具合が見つかって、自分一人だけで戻ることになれば話は別だが、通常はリーダ機以外は座標データなど必要がない。

予想どおり海の上だった。もう、敵もこちらの動きを察知しているだろう。そもそもどういったきっかけで、このような大きなプロジェクトが成り立つのかが、僕は不思議だ。どちらかが仕掛けるのだろうか。けれど、必ずいつも、両者は同じくらいの戦力をぶつけるのだ。片方だけが大軍を繰り出すのでは、バトルは成立しない。そういった一方的な戦闘は、現代では珍しい。大がかりな奇襲はありえない、ということ。考えてみれば、不思議な話である。

　敵の予想される戦力についても説明があった。しかし、数字のデータがいくら頭に入っていても、結局その場になれば、操縦桿をいつどちらへ倒すか、という選択しかない。戦うか逃げるか、という判断にはデータが必要かもしれないが、そんな判断は、離陸した時点でみんな忘れている。命令されないかぎり、必ず向かっていく、それが戦闘機乗りの特性だ。どちらかといえば、穏やかな人間が多いのに、空へ上がると、例外なくそうなる。戦闘的になる、という意味ではけっしてない。戦うことが礼儀なのである。それが、相手に対する敬意であり、自分自身に対する忠誠なのだ。

　全体ミーティングの最後には、勲章を沢山飾った人物のスピーチがあった。たぶん、誰も聞いていなかっただろう。何のために戦うのかなんて、言葉でいくら説明されても、まったく滑稽だ。そういった類のタームは、短い人生の中でも聞き厭《あ》きている。友情、愛情、社会、家族、国家、民族、人類、栄光、名誉……、全部違う。そんなもののために戦っているのではない。もし、言葉になるものがあるとすれば、一番近いのは、生きる、だろう。そう、戦うのは、生きるためだ。つまりこれは仕事なのだ。

戦争に反対する連中は、戦うことの醜さを強調しようとするけれど、それも全然的外れだ。命の大切さとか、子供たちの未来とか、綺麗な言葉を並べるだけ。さあ、こちらにもっと美しいものがあるのよ、と誘惑するだけ。

人間は何故、戦いをやめないのか。

どうして、いつの時代にも争いがあったのか。

そんなに醜く、空しく、悲しいものが、どうして続くのか。

考えたことがあるのだろうか。

人の命は大切だ、と彼らは説く。

けれど、その命よりも大事なものがある。

それを知っている者が、戦っているのだ。

言葉をいくら飾っても、これは覆らないだろう。醜さを嫌っているのは、戦う者も、戦わない者も、同じだ。

偉い人のスピーチの言葉は、いつも綺麗で、愛情に満ち溢れている。正義が花束になって差し出される。花束が好きな奴は、受け取れば良い。花束をお互いに贈り合って、誇らしげに持ち歩けば良いだろう。けれども、そんな花束は飛行機には乗せられない。空に上がるには、単なるウェイトだ。

人は、力を持っている。
力に憧れている。
力が欲しい。
それが自由だと知っているからだ。
花束で、どんな自由が得られるだろう。
花束を持っていれば、岩を登っていけるだろうか。
人を自由にするのは、力だ。水中深く潜れるだろうか。
人はそれを持っている。
自分の力を信じること、それが力の意味だ。
僕は飛べる。それが僕の力であり、自由なのだ。
そして、飛び続けるために、僕は戦う。
なんのためでもない。
なにも欲しくない。
誰のためでもない。
誰も褒めてはくれない。
ただ、飛び続けたい。

僕が僕であり続けたい。

生きているかぎり。

チームミーティングでは、連絡周波数やコードの確認をした。予定変更およびトラブル発生時の対処について、かなり入念な説明があった。

出撃時刻が早まりそうだ、という連絡が途中で入り、飛行機の最終チェックを優先することになった。

再び招集されてミーティング。一時間繰り上がることが発表された。資料に書き込んだ数字を消して、全部直した。

その後、待機。

黙って、椅子に座って待つ。

ときどきほかの連中を見た。全員が部屋にいる。

窓際に立ち、外を眺めている者もいる。部屋の後ろで歩いている者もいる。

電話があった、という小さなメモを事務員が持ってきて、僕に手渡していった。ＹＡ新聞・杣中《ソマナカ》と書かれていた。用件としては、また連絡をする、とだけある。その名前から、男の顔を思い浮かべるのに数秒間かかった。そんな奴がいたな、と僕は思う。そのメモは、丸めて近くのゴミ箱に投げ入れた。

リーダが部屋に戻ってきた。

全員が彼を見る。

「よし、行こう」

時が来た。

もうあとは流れるままだ。

呼吸をして、生きているだけで、自然に動けるだろう。

飛行機の部品となって、空へ上がっていこう。

格納庫へ急ぐ途中、どんよりと曇った空を見上げた。でも、その上にある輝かしさに、僕は目を細めていた。

5

雲の上を無数の機影が進む。まさに大移動。渡り鳥になった気分だった。しばらくすると、左から群れが近づいてきて、さらに大きな集団になった。

さきに飛んだ偵察チームの報告がそろそろ届く頃だろう。今のところ針路に変更はない。メータもずっと動かない。僕の腕も、ほとんどそのまま。左右を見て、ときどき、後ろを振り返った。僕の前には、数機しかいない。左から来た連中はそのまま、後方左についたようだ。

近くを飛んでいるのは、ほとんどが散香だった。最初のうちは、新鋭機の染赤《ソメアカ》が二機いたけれど、少しまえに高度を上げて、右へ逸《そ》れていった。これも偵察任務だろう。今は戦闘機以外はいなくなった。

進路の修正が二度あった。僅かな角度だ。高度は、ずっと同じ。その後、三十分ほど飛んだところで、態勢を整え始める。まず、左右に広がり、また、上下には三段に分かれた。僕は中段の一番前にいる。

上段の連中が少し先へ出る。下段は、左右にさらに広がって、斜め後方へ連なった。こうした指令は、チーム別の周波数で短いパルスを用いて行われるから、もちろん、声は一つも聞こえない。エンジンの回転音と、空気を擦る音と、自分の呼吸音以外には聞こえない。ほぼ前方だけに注意を集中していれば良かったので、比較的リラックスしていた。

雲が消え、下に海が見えるようになってきた。陸地はどこにもなさそうだ。船が作った白い筋が短く見えるだけ。その船が一般船なのか、あるいは敵か味方かも不明。

右前方に機影。ほぼ同時に、パルス信号が届く。編隊はさらに広がる。相手は二層のようだ。しかし、すぐに立て直してくるだろう。

上層のチームが速度を増し、左右二手に分かれる。下層は、じわじわと広がりながら前に迫り出してくる。中段の僕たちだけが、広がらず、真っ直ぐに突っ込み、向こう側でターンをする作戦だ。さて、そんなに簡単に突っ込ませてくれるだろうか。少なくとも、先頭にいる僕は無理だろう。前にいるものが散らし、後ろから来るものが深く突き進むことになる。

また、パルス信号。戦闘のゴーサインが出た。いつも、スタートはいたって静かだ。

「よし」僕は息を吐く。

ベルトを締め直す。

なるべく長く楽しもう。

落ち着いて。

相手の動きを良く見て。

執着するな。

撃ったら、離脱。

数々の教訓が頭を巡る。

でも、そんなのは言葉だけのこと。

躰に染みついている反応だけが、ここでは頼り。

近づいてきた。

敵は十字断面で進んでくる。こちらがＸ断面だからだ。

海上にはなにもいない。

遮《さえぎ》る雲もない。

太陽は後方。

最初だけは、こちらが有利。

上段の連中が順番に翼を翻《ひるがえ》し始める。

ひらひらと舞う。

きらきらと光った。

こんなに沢山いても、ここは充分に広い。

もう、敵の編隊形もわからないくらい近い。

先頭にいるのは、双発らしい。

真っ直ぐに突っ込んでくるか。

こちらも、突っ込む。

敵の左右がつぎつぎに降下を始める。下から回り込む作戦だ。

僕の右にいる仲間が右へややダイブして離れた。

後方を確認。味方の位置を把握するためだ。

増槽《ぞうそう》の切離し準備。

油圧、油温、確認。

機銃安全装置解除。

増槽切離しに備えて、エレベータ・トリムを修正。

ラダーを僅かに振って、空気を確認。
高度確認。
燃料、エンジン回転、時刻。
パルス信号を聞く。
無線の使用が可能になった。しかし、誰もしゃべらない。
さらに接近。
前方、四百。
敵の一機がやや翼を傾け、左へ逸れる気配。
こちらはまだ我慢。
あいつに関わらないで、奥へ突っ込もう。向こうもそう考えているかもしれない。
接近。
右下方から敵機が上昇してくる。
機銃を数秒間撃ったようだ。
どこを狙ったんだ?
水平維持。
スロットルをさらに開く。
加速。

機体が躍る。

敵の先頭はやはり左へ。

その後ろから、こちらへ来る。

右へ緩やかに躱《かわ》す。

次は上へ行った。

四機めも遠い。

五機めが近い。

突っ込んでくる。

撃つつもりだ。

浮き上がり、すぐにまたダウン。

降下する。

見上げると、そいつが反転していた。こちらを見たか。

さらに後ろから二機。

右へロール。

下を確認。

すぐに戻して、上昇に転じる。

左。

真上から味方の一機。危ない奴。
十メートルほどのところを掠《かす》めて下へ。
次は敵、前方。
水平に戻して、すぐに翼を立てる。
エレベータで右へ急旋回。
斜め後方から一機。これは速度が遅すぎる。
反転、今度は左へ急旋回。
さらに奥へ向かう。
ようやく、敵機がいない空が見えてきた。
「相手にするな、奥へ入れ」リーダの声だ。「ここが一番薄いぞ」
「ハッチバックがやられた」
「見えた見えた」
前方から一機、真っ直ぐ来る。僕は左へ倒れる。
右にいた一機がたぶん、その隙にこちらへ来るだろう。
しばらく知らん顔して、反転、すぐにエレベータ。
前方、射程に一瞬飛び込んでくる。
撃つ。

アップ。

スロットルを一瞬絞る。

後方を見た。追突されないことを願う。

前方からの一機は僕の上を通り過ぎた。

腹が見える。空冷のトラクタ。旧型だ。

気にせず、立て直して、さらに奥へ。

もう近くに敵機はいない。

「デッドアイ、右上へ回ろう」

「さあ、引き返すぞ」

「本番だ」

僕はエレベータを僅かに引いた。しかしそのとき、前方になにか見えた。

「待て」

「誰だ？」

「デッドアイだ。前方にまだいる」

水平に戻す。

前方やや高いところ。

十機、いや二十はいる。

「戻せ、奥にまだいるぞ！」

「突っ込むのか、戻るのか？」

「突っ込んでから、戻る」

「OK、立派なもんだ」

僕は黙っていたけれど、機体をロールさせ、上下を確認。

上に味方はいない。ここまで来られなかったのだ。

下には、ごちゃごちゃ飛んでいる。

「多いな」誰かが言った。

敵の方が数が多い。それは直感していた。しかし、問題は自分の周りにいる敵の数だ。

敵機は左右に分かれ、列をなして近づいてくる。かなり綺麗な編隊だった。

僕はじわじわと上昇する。

「もうなにも気にするな」

「見たことない機体だな」

左からの方がさきに来る。それを避《よ》けるか、あるいは迎えるか。こちらの編隊は既に崩れていた。

味方の動きが気になったものの、そんな場合ではない。右へ倒れて機速をつける。

左から来る。

アップ。
スロットル・ハイ。
味方の機体を掠《かす》めて上昇。
「危ないなあ、デッドアイか」
「失礼」
反転してインメルマンで降下。
さらに反転してまたアップ。
水平に戻して、ロール。
左からの一団は既に後方へ。
右の連中は広がっている。
上から来る。
咄嗟《とっさ》に、スロットルを絞る。
アップ。
右後ろから。
撃たれるか。
相手が僕の下を通り抜けた。
ダウン。

フラップ。
機首を押さえて……、撃てるか。
駄目だ。
後方に一機。
右からも来る。
スロットル・ハイ。
そのまま思い切ってダウン。落ちるしかない。
速度がどんどん増す。
ロールも我慢した。
緩やかにアップで戻す。
後方、というより上方を窺う。
ついてくる。
さらに降下。まずいな。
一か八か水平に戻す。
増槽を捨てる。
フラップ戻す。
早く加速しろ。

後部につかれた。
右へ。
左へ振って、さらに右へ。
回りながら後ろを見る。
少し上で炎が。
味方の誰かがやられた。
誰だ？
「突っ込める奴は？」リーダが叫ぶ。
「無理だよ、これじゃあ」誰かが言った。
無理だ。僕もそう思った。敵が多すぎる。
諦めて、ここで踊ろう。
後ろの奴はまだいるか。
テールを振る。一瞬だけ見えた。
上昇、スロットル・ハイ。
上にも一機。
少し食い違う。
左へ。

右の二機を確認。

下を振り返る。どうやら諦めたか。

これだけ沢山いては、ずっと同じ一機に関わっていられない。次から次へダンスの相手を替えて、踊り狂う。

さあ、躰が暖まってきた。

血圧も上がってきたか。

深呼吸。

左へ回しながら、スロットルを絞る。

上空を確認して、ターン。

滑り下りながら、ローリング。

相手を探す。いくらでもいる。

既に黒煙が幾つか。

右下に一機。味方の後ろにつけている。

そちらへ合わせて。

一度ロールして、周囲を確認。

後方も見る。

上から一機来そうだが、まだ大丈夫。

エンジンを絞ってコントロール。
相手が気づいて、左へ旋回する。
こちらも翼を立てて合わせる。
近づいた。
右。左。
ラダーでスライド。
押さえて。
もう少し。
撃つ。
アップで離脱。
当たったか。
確認できない。
左から来る一機をダウンで躱《かわ》す。
右上から突っ込んでくる。煙を吐いた味方の機体だった。
反転。さっきの一機はどこへ行った。
アップで下へ。
炎を上げる一機が見えた。当たっていたか。

深呼吸。まだまだ。

燃料チェック。

油温上昇。

スロットルを絞る。

トリム調整。

上の一機を狙って上がっていく。

下からそっと近づく。

自分の後ろも振り返る。

反転。

敵機が右へ倒れて降下。

ついていく。

轟音《ごうおん》が鳴る。

横を下から一機が通り過ぎる。

左の翼が軋《きし》む。

相手は機首を上に向けた。

こちらもエレベータを引く。

左へずれた。間に合わない。

ラダーでサイドへスライド。
撃つ。
右へ倒して、ターン。
下から撃ってきた。
さらに右へローリング。
反転してダウン。
フラップを戻す。
スロットル・ハイ。
だんだん、リズムに乗ってきた。
音楽が聞こえてくる。
歌い声が近づいてくる。
左へターン。
シートに躰が沈む。
エレベータを戻し。
スロットルを一瞬切り。
フル・フラップ。
エレベータ・アップ。

上を向いて、通り過ぎる奴を狙ったが無理。
失速。
トルクで、反転。
周囲を確認して、左へ倒れ込む。
下から来る。
まだ舵が効かない。
正面。撃つ。
向こうも撃った。
どこかで金属音。
降下して機速がのってくる。
もう大丈夫。
ブルースみたいにゆっくりとターン。
黒煙がいっぱいだ。
青かった空が、もう灰色になっていた。
機影が方々で小さく舞っている。
虫のように飛び回っている。
「こちら、クリムズン。飛んでいるか?」リーダの声が聞こえた。

「ムーンライト、一機やった」

「キーボクス、オーバ」

「デッドアイ、まだ一機」

しかし、ほかには誰も応えない。

「ほかは？」

「だいぶ減ったな」

「少し上がった方が良い」

「了解」

上の方が味方が多い、ということだろうか。それとも、散香の軽量さを活《い》かせという意味か。今回の相手は、速度はそれほどでもないが、旋回性は良い。かなり小回りが利くようだ。散香に似たタイプといえる。

多少は楽に飛べるようになった。敵の一群が離れたからだ。どこかで集結しようとしているのか。

こちらも四機で揃って上昇した。方角としては、戻る方向だった。

「そろそろお開きか」誰かが言った。

下から一機だけ上がってきた。どんどん近づいてくる。プロペラが見えた。敵のトラクタ・タイプだ。

リーダ機がそちらへ反応して迎え撃つ。

ほかの三機も散った。

僕は旋回しながら、それを見ていた。

リーダ機がさきに撃ち、水平へ離脱。

敵機は上昇中にブレーキ。失速するかに見えた。

しかし、再び白煙とともにエンジンを吹き上げ、機首をさらに持ち上げた。真上を向くような格好になって空中停止。上方を通過したリーダ機に撃ち込んだ。その後、敵機は尾翼から下降し、途中で後転して下へ落ちていった。僕はそれを即座に追った。リーダ機は先後尾の下から黒煙を噴いた。

向こう側からムーンライトとキーボクスが斜めに翼を立てて突っ込んでいく。僕は背面にして降りていった。

リーダのクリムズンは、もう駄目だ。バランスを崩している。

もの凄い速度で下りていく。

敵機は、下で急ターン。

主翼がしなりそうな、危険なターンだった。

「キーボクス、ちょっと待て、さきに行く」

「OK」

ムーンライトがスパイラルで降下して近づく。

敵機は上を向く。

僕は後方へ回り込む準備。

「何だ、こいつ」キーボクスの声。

見えなかった。

「食らった」ムーンライトだ。

主翼の死角になって見えなかった。次にターンをしたときには、ムーンライトは火炎に包まれて回っていた。敵機は、即座にストール・ターンで切り返し、キーボクスの後方上につけていた。

「なんとかしてくれ！」左へ倒れながら、キーボクスが叫ぶ。

「キーボクス、右へ！」僕は叫んだ。

僕は機首を向け、援護射撃をしたがまったく届かない。

キーボクスの先尾翼が吹っ飛んだ。ゆっくりと下を向いて、降下を始める。

敵機が右へ旋回。

もう僕しかいない。あっという間に三機やられた。

周囲を確かめる。近くには誰もいない。

ただ、煙が方々に浮いているだけ。

高度を維持し、主翼を立て、相手を捉える。
近づいてくる。
上がってくる。
旧型だが、たぶんエンジンが普通じゃない。
太い重そうな胴体。パワーで飛んでいる感じだ。
光線の加減でキャノピィが光る。
そして、その前、ボンネットの黒い部分の輪郭が見えた。
二箇所だけ光っている。
猫の目?
猫の顔だ。
パルス信号が鳴った。引き上げの合図だった。
でも、僕は猫の機体から目を離さなかった。
旋回はだんだん小さくなる。
僕も内側へ切り込んでいく。
失速技に気をつければ、大丈夫だ。旋回性はこちらが上。
シートに躰を密着させて、加速度を増していく。
近づいてきた。

スロットルをさらに押し上げる。
フラップを用意。
タイミングを待つ。
相手の出方は？
ぐるぐると回りながら、相手も動かない。
油圧上昇。油温も高い。
浮かんでいる灰色の煙を何度か主翼が切った。
早く来い！
動かない。
一度フェイントで主翼を振る。
相手は動かない。
くそう。
落ち着け、焦ったら負けだ。
散香を信じて、一気に切り込むか。
頭の中で舵をシミュレート。
二秒の間に、四舵を六回打つことになるだろう。
行こう。

僕は息を止めて、内側へ入っていった。
同時に向こうも機首をこちらへ。
右、スリップ。
左、フラップ・ダウン。
スロットル・ハイ。
エレベータで機首を向ける。
来た。
射程。
しかし、左へ逸れる。
速い。
すれ違った。
なんて……。
アップを引いて、急ターン。
足を踏ん張って耐える。
撃たれなかっただけで、上等か。
相手はもうターンを終えようとしていた。
迷った。

反転して、下へ回り込む。

しかし、すぐに反応された。

旋回に戻る。

駄目だ。

後ろ。

速い。

僕は躰を捻り、キャノピィに顔を押しつける。

近づいてくる。

駄目だ。

アップは致命傷になる。

ぎりぎりで、どちらかへ立てて、揚力を切るしかない。

来た。

「デッドアイ、右だ！」

僕は操縦桿を右へ倒す。

誰だ？

草薙の声に聞こえた。

食らった。

左翼端か。
アップを引く。
反転。
ダウン。
敵機は見えない。
エンジンが息をついた。苦しがっている。
どこだ？
しかし、動きを止めるわけにはいかない。
必死で舵を打つ。
目まぐるしく周囲が回転する。
どこにいる？
上だ。
敵機は上にいる。腹が見えた。
僕は降下。
フル・スロットル。耐えてくれ。
黒煙の中を抜ける。
前方遠くに機影。味方か？

落ち着け。まだ飛んでいるぞ。

後ろを左右から振り返った。

来るか?

いや、いない。

どこへ行った?

下か。

反転して後方を確認。

見えた。向こうへ行く。

向こうだ、ともう一度確認。

引き上げていくようだ。

溜息。

助かった。

正立へ戻す。エンジンを緩やかに絞る。

いびつな振動。

身を乗り出して、左翼の先を確認した。垂直尾翼の上半分が折れ、ちぎれそうだ。主翼にも穴が開いている。燃料タンクの少し先。ぎりぎりのところだった。

舵を確かめる。エルロンは大丈夫そう。フラップも動く。

しかし、ラダーは重い。
下を覗き込んでペダルを確かめた。
無理をしない方が良いだろう。
足が痛い。
理由はわからない。
周囲を見る。
右遠方で逆方向へ何機か飛んでいた。六機か七機か。
上に一機、これは同じ方向。
前方に大勢いる。二十機くらいか。
次に左下に、大群が見えた。逆方向へ飛ぶ敵の本体だった。
優に五十くらいいる。あれが、上がってきたらお終《しま》いだ、と思った。
でも、もう終わったようだ。
気力が尽きたのではない、燃料がないからだ。
ゴーグルを外して深呼吸をした。
ああ、凄かったなぁ。
今までで、一番凄かった。
目を擦る。

自分の息が白い。

汗が急に吹き出した。

でも、寒い。

どこかに穴が開いたのかもしれない。

無線使用禁止の信号が出ていた。

とにかく、終わった。

高度を少しずつ下げながら戻った。

僕の散香は、なんとか飛んでくれた。

エンジンの温度が下がらない。ラジエータ系もやられたかもしれない。それでも、なんとか回っていた。コクピットは異様に寒かったけれど、エンジンのことを考えると文句はいえない。冷たい空気のおかげで飛んでいられるのだ。

陸地が見えてきたときには嬉しかった。でも、飛行機の振動は酷《ひど》くなっている。エンジンが止まりそうだった。

油温異常。油圧低下。

無線連絡はまだできない。

躰は冷えて、手の感覚が失われつつあった。

左右の手を、交互に口や顔に当てた。足の痛さは遠のいて、既に感覚がない。

高度を下げていく。雲はそれほどでもなくなっていた。

燃料がほとんどない。

「またかよ」僕は呟いた。

少々飛びすぎたようだ。

あるいは、どこかから漏れているのか。

躰を起こして、主翼を確認。垂直尾翼の折れた部分はなくなっていた。

周囲を飛んでいる散香が幾つか。きっとこちらを心配しているだろう。

ああ、寒い。

意識が途切れそうになる。

眠ってしまいたい、と思った。

あの温かい毛布の中へ潜《もぐ》り込みたい。

熱いシャワーを浴びたい。

ライタでもいい。火をつけて当たりたかった。

メータに触ってみたけれど、とても冷たい。

なにか温かいものはないかと探していた。

そんなものがあるはずもない。

さらに高度を下げる。

雲を抜けて、薄暗い空気の中へ沈んでいく。

下は真っ白だった。雪だろうか。

あと、どれくらいだろう。座標を確認して、地図を見ようと思ったけれど、指がうまく動かない。

その指を口に当てて、温める。

不規則な振動。

機体が軋《きし》み。

突然、静かになった。

風を切る音が残る。

先尾翼が笛を吹くように鳴った。

キャノピィのガラスも震えていた。

スロットルを動かしたが反応はない。

セルを試みる。しかし、まったく駄目だ。

躰を捻って、後ろを見た。

停止しそうなプロペラの先が見える。セルには僅かな反応しかない。

メーデーの信号を発するスイッチに指をかける。

押し上げた。

速度が限界に達しそうなので、降下する。
地図を広げる暇はない。
高度計を手で叩いてみた。
八百？
そんなに低いのか。
「デッドアイか？　状況は？」声が聞こえた。雑音混じりだ。
「デッドアイだ。燃料切れだと思う」僕は応える。「下は？」
「街はない。樹を避けて降りろ」
「できればね」
緩やかなバンクで降りていく。下は白。
山は少し離れていた。それはラッキィ。
ぐんぐん下がる。
機速を溜めておけば、最後にほんの僅かな選択ができるだろう。二百になった。
丘が近づいてくる。
それを越えるか、手前で回り込むか考える。
風はほとんどないようだ。視界も良好。
左手に小屋のような建物。トラックも。雪に埋もれている。道はどこにも見えない。

旋回する。もう選べない。
百。
五十。
ギアを出す。
変な音がした。
降りない。
最悪か。
否、雪道じゃあ、タイヤなんかあっても無駄かも。
二十五。
機首を起こす。
さあ、良い子だ。
滑り込んでくれ。
足はもう動かない。ラダーはどちらを向いている？
十。
起こせ。
もっと。
前が見えなくなる。

横を見た。
雪に埋もれた柵が一瞬見えた。
来る。
予想した瞬間から三秒遅れて、後部がなにかに当たる。
衝撃。
右の主翼が下がって、突っ込んだ。
回転する。
衝撃音。
躰が揺さぶられる。
息を止めて。
ベルトが躰に食い込む。
シェイクだ。
真っ白になった。
顔に風のような圧力を感じる。
ヘッドフォンが引っ張られて。
横から躰をなにかが押す。
轟音《ごうおん》。

まだ止まらない。
何度も、振り回される。
ああ、もう使えないな、と思う。
この飛行機も。
もしかしたら、この僕も。
ハードロックみたいだ。
ドラムが鳴った。
下から突き上げられる。
上からも叩かれる。
でも、ゆっくりになった。
ふわふわと揺さぶられて。
止まろうとしている。
金属が軋み、悲鳴のような。
最後に大きく傾いて、シートごと横に投げ出された。
頭の上に重いものが。
手をそちらへ持っていく。
止まった。

揺れているけれど。

でも、止まったみたいだ。

なにも見えない。

手を動かす。

頭の上のものをどける。

重い。

操作パネルのアルミだった。完全に変形している。コードが引っかかっている。ベルトを外せるか、試してみた。もの凄く躰を締めつけている。このままじゃあ、ベルトで絞め殺されてしまうだろう。

金具へ指が。

呼吸をした。

苦しい。でも、寒くはない。

指は何をしている？

金具が外れない。どこにある？

手はベルトを諦めて、顔を探した。

ゴーグルを引っ張って、外す。

息。

息。
横を向いているようだ。
こちらが下か。
コンプレッサだろうか、かたかたという回転音と、空気が漏れる小さな音。
ああ、地面。
また戻ってきたのか。
どうしようもないな、本当に。
無線が使えるだろうか。
しかし、ヘッドフォンがない。
どこへ行った?
手は、またベルトを外そうとしている。
指が痛い。
左手は?
濡れていた。血かな。
ああ、でも、生きているみたいだ。
音楽でも聴きたい気分だった。
スローなブルースが良いな。

右手がようやく金具を外した。ほら、外れるじゃないか。

躰が右へ落ちる。

パネルの上に顔が押しつけられて、痛かった。

また右手で、なんとか躰を起こす。

キャノピィは大丈夫だった。

動きは渋かったけれど、少しだけ後ろにスライドさせる。

すぐ近くに雪がある。

手を伸ばすと届きそうだ。

少し躰を動かす。キャノピィで躰が滑り、僕はそこへ落ちた。

横向きではなかった。逆さまだった。

雪の上に這い出していく。散香が裏返しになっているのがわかった。土手のような場所だったけれど、周囲は真っ白。

それでも、空よりは寒くない。

左手が動かなかった。折ったかもしれない。

血は、目の上の傷からだった。

これも大したことはない。

飛行機から少しずつ離れる。爆発する危険はないように思えた。何度も振り返って見た。

でも、そのままだった。もう飛ぶことはないだろう。

6

雪の上に倒れて、空を眺めていた。泥みたいに濁った灰色の空も、じっと見つめているとだんだん明るく見えてくる。もしかして地面の雪を反射しているのだろうか。

躰が雪の中に埋もれて、顔にときどき水滴が落ちた。近くの草か、それとも枝から飛んできたのだろう。

もう、なにも飛んでいない。

僕たちの気持ちだけが、あそこに残っている。

雲の上に。

ああ、楽しかったな。

黒猫の奴は素晴らしく速かった。

機体は違っていたけれど、もしかしたら土岐野と一緒のときに見た奴だろうか。そうかもしれない。

僕のチームは、結局誰も戻れなかったことになる。リーダの名前も思い出せないし、残りのみんなも顔だけしか覚えていない。一番先頭になって突っ込んで、敵の背後に回り込む役目は、結局果たせなかった。向こうが二波に分かれていたせいもある。数でも劣っていたのではないだろうか。

そんなことは、今さらどうだって良い。

みんな、楽しく飛んだだろう。

誰も、後悔なんかしていないはず。

僕だって、ああ、今は、とても気持ちが良い。

地面にいるのに、こんなに気持ちが良いなんて、よほど楽しかったからだろう。久しぶりだったし、思う存分飛び回れたし。飛行機が壊れてしまったことだけが、少し残念だった。せっかくあいつが整備してくれたのに……。何ていったっけ、彼。

そうだ、

思い出した。

草薙の声を聞いたのだ。

あのとき、エルロンを右へ切っていなかったら、僕は戻ってこられなかっただろう。草薙が見ていたのだろうか？　否、そんな機影はどこにもなかった。空耳だったか、それとも、ほかの誰かの声と聞き間違えたのか。でも、近くには誰もいなかったはず。

いつも、草薙に助けられる。

彼女のおかげで生きていられるのだ。

だから、まだまだ死ねない。
少しだけここで休んでから、なんとか歩いて戻ろう。
そして、怪我を治して、大人しくしていれば、きっとまた、空へ戻ってこられるさ。
飛行機よりもパイロットの方が少ないのだから。
必ずまた、人員補塡で呼ばれる。
それまでは、夢だけを見て、
空を仰ぎ見て忘れないように、
冷たい空気を躰に取り入れて、
待っていよう。
いつか、飛べる。
また、いつか。
きっと、どこかで。

epilogue

エピローグ

病院のベッドで、僕は三日後に目覚めたらしい。

口をきくことができなかったけれど、人の話は聞けた。知らない男が僕の横に立って、口を動かして、言葉を発する。それが言葉だとはわかる。だけど、どこの国の言葉なのか、意味がわからなかった。きっと、僕の頭のどこかが壊れたせいだろう。味のない、どろどろに溶けたものを、飲まされた。毎日だ。だけど、べつに苦痛ではなかった。オイルだと思えば良い。ついに僕も機械になれたのだな、と思った。左手は包帯が巻かれて重かった。僕の手以外のものが一緒に入っているようだ。

ベッドから出ることはできない。脚は見えない。脚があるのかどうかもわからなかった。

部屋に窓はなくて、もしかして地下だろうか、と考えた。天井にパイプが何本も通っている。長い蛍光灯が二本。幸い、寒くはない。部屋には僕だけ。壁際にベッドがある。衝《つい》立《たて》で見えないところもある。でも、そちらは暗い。ドアの磨りガラスが明るくなるのが、夜だろう。そちらにみんないるみたいだ。

静かだった。

恐ろしいほど静かだった。

僕は、点滴のチューブを見つめて、じっとしている。

右腕に針が刺さっている。

頬は、シーツの上のタオルの感触。

仄《ほの》かな消毒液の香り。

寒くない。

壁にも何一つない。カレンダもない。

手に持っているものがある。

コードの付いたボタンだった。

これを押すと、誰かが来てくれる。

痛くない。

脚はあるだろうか。

そんなことで、ボタンは押せない。

雪の中でも、これを押せば良かったのだ。

押した。

でも、機銃は発射しない。

気持ちが良いな、ここは。

清々《すがすが》しいよ。

足音が近づいてくる。ドアが開く音。

「はい、どうかされましたか？」女の声だ。

僕はそちらを見ようとする。目は動かせる。

「はい、大丈夫ですよ。もう、これ、外しますね」

点滴をやめるみたいだ。

針が抜かれた。

僕の右手は大人しい。スイッチを握ったまま。

「ね、痛くないでしょう？」

痛くない。

「はい、もう眠る時間ですよ」

シーツが引き上げられ、僕の手もその中に。

寒くない。

僕は目を瞑《つむ》った。

「おやすみなさい」

夢が見たい。

もっと明るいところで、飛び回る夢を。

「なにかあったら、また知らせて下さいね」
美しい青さの中で、自由に飛び回る夢を。
目を閉じて、僕は待っている。
躰が浮き上がり、上昇するのを。
翼が風を切って、白い水蒸気がなびくのを。
じっと、待っている。
でも、待っていても、誰も来ない。
僕はいつも一人だ。
そうだ、花束を買っていこう。
どこへ？
どこへだろう。
でも、花束を買っていこう。
誰に？
誰にだろう。
でも、僕はきっと、花束を買っていく。
そして……

各章冒頭の引用はすべて、
GIFT FROM THE SEA / Anne Morrow Lindbergh
日本語訳はアン・モロウ・リンドバーグ『海からの贈物』
（吉田健一訳・新潮文庫）によりました。

解説

荻原規子

二〇〇一年に刊行された『スカイ・クロラ』の初版本を、書店で見つけてすぐに買った。わたしはすでに森ミステリィの読者だったけれども、このときは、ジャケ買いと呼ばれる衝動に近かった。はっとするスカイブルーの下方に雲海の写真、カバーのような透明ビニールの上に控えめなタイトル。これほどスタイリッシュで美しい本には、あまりお目にかからなかったのだ。

ずいぶん後から知ったことだが、『スカイ・クロラ』は初版のみ、ビニールに掲《かか》げたタイトルが外側から印刷されているのだそうだ。第二版以降と『ナ・バ・テア』他の続刊では、透明ビニールの内側に印刷してある。

理由は単純で、印刷部が擦《す》れると剝げやすいと判明したからだそうだ。わたしが買い求めた本を見ても、なるほどと思った。だが、これほど明白に初版本の特徴がある例もあまりなく、持っている身としては嬉しくなる。

「今となっては貴重ですよ。外側に印刷したことにもそれなりのメリットはあって、文字の浮かび上がりがきれいです」と、教えてくれた人は得意そうだった。その点も、なるほどと思った。

ところで、「カバーのような透明ビニール」と形容したが、これはカバーではなく本の「帯」だそうだ。教えてもらうまで、わたしはまったく気づかなかった。

洋書のような、タイトルと著者名のみ印刷した表紙が望ましく、謳《うた》い文句をかかげる目ざわりな「帯」などなくしてほしいという、森博嗣氏のご意見だったそうだ。透明ビニールをはずしてしまえば、たしかにスカイ・クロラシリーズはそういう本になる。

わかるけれど、全面をおおった「帯」が存在したとは思いつかず、ちょっとびっくりだった。そして、文庫版〔旧版〕もなるべく意向に沿おうとしていることは、見れば明らかだ。

一冊の本がそなえるスタイルのもろもろに、著者の思い入れる意匠が反映していることは、この作品の本質――目ざすところの美しさ――にかかわると思う。タイトルの小技も、巻頭詩も、目次のフォントも、選び抜いた引用文も、全部が同じところにかかわっている。そうした意匠を無視して本文だけを読んでいては、この作品が語っていることに近づかないのでは、という気がしてくるくらいだ。

スカイ・クロラシリーズは森氏の、工芸品のような作品だからだ。長編詩と言い換えてもいいかもしれない――この内容を小説と呼ぶより、誉め言葉になる気がする。そういうものは、タイトルも、装丁も、ページの余白や手ざわりも、全部に送り手のこだわりがあって、トータルな形で著者の思うところを表現するはずなのだ。

だから、文庫版の解説でこんなことを書いてはおかしいのだが、この作品は、できれば単行本で手もとにおくべきだと思う。普及を念頭においてはできないスタイルを必要とするという意味において、そういう造りがふさわしい作品だと思えるのだった。

今回の『フラッタ・リンツ・ライフ』は、刊行順では四冊目だ。『スカイ・クロラ』の語り手はカンナミだが、『ナ・バ・テア』で語り手がクサナギに移り、『ダウン・ツ・ヘヴン』はクサナギのまま続き、ここで初めてクリタの視点が語られる。

カンナミ、クサナギ、クリタに共通するのは、彼らが〈キルドレ〉であることだ。薬害によって生じた、十代の子どものまま成長することのない存在。老いることなく時を通過させる彼らは、空で踊ること――戦闘機に乗って空中戦を行い、相手を撃ち落とすこと――でしか、生きている実感をつかめない。

その立場に立った生の感覚とはどういうものかを、ほとんどピンポイントにして、スカイ・クロラシリーズはくり返し彼らの目線で語られていく。余計なものがそぎ落とされているのは、〈キルドレ〉が世界を見るまなざしに余計なものが映らないからだ。

成長による変化なしに生きる者には、積み重ねた過去の記憶もあいまいにしかとどまらない。来るべき未来の展望もない。他の人間が人生と呼ぶ地上のしがらみは、彼らにとっては空へ飛び立つ時間と時間のインターバルでしかない。

雲の上の澄んだ空間、しがらみとは無縁の場所で、戦闘機と自分を一体化させ、撃墜するか撃墜されるかの刹那に身を投じていく。それがどれほどピュアで誠実な生き方であるか、死なない子どもの言葉で淡々と、ときには祈りをささげるように語られる。

もちろん彼らには、神などいないし神を必要とする希望もない。けれども、何が美しいかははっきり知っているし、人間存在を超えた美しさを空の上に、機体の飛行に見ている。

戦闘中の動作だけを、ビートを打つように短く並べた文章は、まるで祈禱のようだ。

それにしても、主人公三者の中で、クリタは一番地上のしがらみ近くに身をおく人物に見える。クリタにはフーコがいる。そして、科学者としてのアオイが現れる。けれども、上司であるクサナギの存在が一番重い。彼にとってはクサナギが、〈キルドレ〉としてあたうかぎりの思慕の対象なのかもしれない。

クリタとクサナギには、いったい何が起きたのだろう。『フラッタ・リンツ・ライフ』はかなりのあいまいさを残して終わるが、クリタの一人称で読み進めると、不器用で悲しいラブストーリーと読むこともできそうだ。かつてのクサナギもそうだったが、その慕情はいつのときも、よりすばらしく飛べる存在へ向かうしかないのだ。

スカイ・クロラシリーズは、これほどのユニークさを擁《よう》して、わたしたちに何を語っているのだろう。

わたし個人の受けとめ方を言うなら、スタイリッシュであることは鍵の一つだと思う。

スタイルを持つには、何かをそぎ落とさなくてはならない。そぎ落とさないと、美しいフォルムは見えてこない。そして、美しいフォルムを見出す力は、どこかで必ず〈死〉の手ざわりに通じているものなのだ。

〈キルドレ〉には、通常の意味での人間関係もスローガンもない。死と隣り合わせの現状に反抗もあきらめもない。同僚はつぎつぎ落ちていくが、殺した相手方に恨みもない。大切なものがごく少ないのだ。彼らが関心をそそぐのは、自分を空へ上らせてくれる機体だけ。そのメカでいかにして飛び、撃ち落とすかということだけ。

あまりに振り幅の少ない、所有しているものの少ない生き方だから、彼らはいかにも美しい。その目線で地上の有象無象《うぞうむぞう》をながめると、常識に縛られた世界とは異なる地平が、こちらにも少しずつ見えてくる。死なない子どもたちが語ることは、文部科学省的に好ましい人間形成のアンチテーゼになってもいる。彼らがその手に握っているのは、生きる力ではなく死とたわむれる力だからだ。

そういう彼らが、真にやさしく美しいということを、声高にならないトーンで音楽的に言い聞かされているような気がする。失礼ですが、多くの人が見失いがちなものがあるんですが——と。

そして、なんとなく気づいてくるのだ。わたしたちが見ようとしないだけで、じつは、だれもが戦闘機に乗った子どもと同じくらい、すぐそこに〈死〉をつきまとわせていることに。たぶん、夜ごとの夢ではそういうものを見ている。

ただ、わたしたちの場合、美しいものを追求しようとして〈死〉の存在に気づくと、直視できずに美しさごと取り逃してしまうのだ。

死なない〈キルドレ〉、大人の妥協を知らない〈キルドレ〉だけが顔をそむけず、その場所に手を伸ばせるということなのだろう。

（おぎわら・のりこ　作家）

巻末インタビュー

『フラッタ・リンツ・ライフ』について

森 博嗣

インタビュア：清涼院流水

——本日は、「スカイ・クロラ」シリーズ第四長編『フラッタ・リンツ・ライフ』の英語版の完成を記念して、著者の森博嗣さんにお話を伺いたいと思います。この巻末インタビュー企画では、毎回、あまり語られたことのない作品の裏話をいくつもお話しいただいており、海外読者からも日本の森さんファンからも、大変ご好評をいただいております。森さんが一作目の『スカイ・クロラ』やシリーズ全体について発言された機会は今までにも多くあったはずですが、この四作目だけに注目したインタビューは、多くはないと思います。インタビュア自身も、この日を一年前から楽しみにしていました。いつもご協力いただき、本当に、ありがとうございます。

森博嗣（以下、森）　こちらこそ、いつもありがとうございます。そうですね、シリーズの中でも、この作品が最も地味かもしれません。ストーリィ的には、実はキーポイント的な役目があるのですが、シリーズの中でも、ここまで読まれた方は少ないでしょうし、埋没している感じはします。そういうのが、作者の狙いでもあります。無理にわかりやすくしたくない、というような気持ちですね。いずれにしても、シリーズの中では、最も意図的なものであり、意識を高くして書いたように覚えています。

――なるほど。シリーズの中での『フラッタ・リンツ・ライフ』の異色さ、あるいは独特さが際立つ存在感は、著者である森さんにとって自覚的、意識的なものだったのですね。それは、たいへん納得できるお話です。

　ところで、この「スカイ・クロラ」シリーズは、毎回インパクトのあるタイトルです。そして、シリーズ長編五作と短編集一作のうち、三作品がタイトルに「スカイ」という単語を含んでいる事実は、無視することができないほど象徴的です。また、「ナ・バ・テア」の「エア」と「ダウン・ツ・ヘヴン」の「ヘヴン」も「空（＝スカイ）」に置き換えられるものである、という指摘も可能です。もちろん、「フラッタ・リンツ・ライフ」のflutter（＝飛翔）という単語も「空」を連想させるものではありますが、ほかの作品ほど「空」への関連づけが直接的ではないような印象を、初めてタイトルを拝見した一三年前から抱いていました。かつて森さんは作家として最初の（「S&M」シリーズ）長編五作を書かれた際、その四作目（『詩的私的ジャック』）について「あえて今までの流れから変えた」と語られていたことがありますが、この「フラッタ・リンツ・ライフ」というタイトルには、そのように、シリーズ全体の中で流れを転じさせる本作の役割も込められていたのでしょうか。たとえば、ポップ・ソングで言うところの最後の大サビの前の劇的な転調のような、結末に向けてストーリィを急激に転換させる意識をお持ちで、それがタイトルにも表れたのでしょうか。「生への飛翔」という意味だと解釈できる「フラッタ・リンツ・ライフ」は、「死（＝天国）への墜落」とも訳せる前作「ダウン・ツ・ヘヴン」と表裏の関係となるタイトルです。その点でも、作中で戦闘機が右へ左へ方向を転じる時のような、まさに急展開という感じがしました。

森　当然、その意味に取られる方が多いと考えていますが、実は、飛行機に詳しい人には、「フラッタ」というのは、翼や舵《かじ》などが、ある一定の条件で振動する現象を示します。いわゆる共振です。一度これが起こると、翼や舵が破壊されて、墜落事故に繋がるため、非常に恐れられていました。現在では、どのようなメカニズムでこれが発生するのかが明らかになっているので、最初からそれを回避する設計がなされます。

つまり、このタイトルは、「生命へのフラッタ」ということです。外力が作用し、それに対して戻ろうとする性質（elastic）によって、振動が発生し、ある条件になると、共振によって、その振動が増大、発散して、取返しのつかないことになる、というようなイメージです。人生にも、そんな危険がある、というわけです。日頃穏やかな人が、ちょっとした外力で大きな感情を抱く、周囲には予想外の反応を示す、それが原因で破滅的な行為に及んでしまう。「どうしてあの人が」と周囲が、あるときは本人も思うような現象が、事実多く見受けられます。それを力学的に示した表現だということです。

飛行機に詳しい人ならば、フラッタとは、それ以外に連想しない用語なのです。ですから、飛行機の専門用語である、という意味では、シリーズの他作と同様であり、例外ではない、ともいえます。

――インタビュアは飛行機関連のことに無知ですので、お恥ずかしながら、「フラッタ」にそのような意味があるとは知りませんでした。いわゆる「共振」だとご教示いただき、霧が晴れたように、急に理解が深まりました。同時に、今まで解釈していたタイトルの意味が、むしろ真逆《まぎゃく》であったと知り、このご回答をいただいただけでも今回のインタビューの価値はあるのではないか、とさえ思いました。読者の多くも、きっと驚かれるのではないでしょうか。

続いて、毎回恒例のご質問をさせてください。本作では、各章の冒頭に、アン・モロウ・リンドバーグ『海からの贈物』からの引用があります。この作品から引用しようと思われたのは、どうしてでしょうか。特別な思い入れのある著者、作品だったのでしょうか。また、森さんは『ダウン・ツ・ヘヴン』の巻末インタビューで、「引用したことによって、そのイメージに寄り添った物語になっていく」と、おっしゃっていました。『海からの贈物』は、この『フラッタ・リンツ・ライフ』という物語に、なにか影響を与えたのでしょうか。

森　まず、チャールズ・リンドバーグの妻であり、飛行機のパイロットでもあった、という点で、このシリーズと繋がりがあります。そのほかには、「優しさ」の本質的、抽象的な部分で、リンクしているかと。

――おっしゃる通り、リンドバーグの引用は、このシリーズとの親和性が高い、ごく自然な印象がありました。

シリーズ全作品を通じて、戦闘機のパイロットを代表する人物はクサナギであり、メカニックを代表するのはササクラです。著者である森さんは、実物の飛行機を操縦されることはないとしても、模型飛行機を操縦され、ハイスピードで車を疾走させることがお好きな点では、パイロットとの共通点が感じられます。また、日々の工作を愛されている点では、メカニックに近い要素もあるようにお見受けします。もちろん、どちらの要素も森さんの中にあると思うのですが、パイロット的な部分とメカニック的な部分では、どちらがご自分の中で大きいとお考えでしょうか。クサナギとササクラのやりとりを読む時、いつも、森さんの視点は、どちらに近いのだろう、ということを考えてしまいます。

もちろん、どちらの人物も森さんそのものではないはずですが、もしどちらかのほうが近い、ということがあれば、教えていただければ幸いです。

森　小説を書く場合には、当然、主人公の視点で、すべてを見ます。主人公ではないササクラがどう考えたか、ということは文章には表れません。あくまでも、主人公が想像した人物、観察した人物の行動です。

また、自分（作者）という人間のタイプは、小説に登場する人物のタイプとは、いつも必ず異なるものです。一部は同じかもしれませんけれど、全体として見れば違っているところの方が多いはずです。どちらが近い、というのも、ちょっと自分ではわかりません。距離で測れるものではないように感じます。

小説を書いていれば、登場するすべての人の気持ちに同化する機会が生じますし、また逆に、すべての人を客観的に捉える目も、それ以上に必要です。自分（作者）自身という存在は、その作業にはほとんど無関係のように感じます。

つまり、物語の中には既にその実体がない、自分を忘れて書く、ということではないかと。

――個人的な印象として、少なくない著者が登場人物、特に主人公に没入し、自身と同一化しがちな傾向があると感じているのですが、森さんは、そのあたりは、やはり距離をとって俯瞰《ふかん》の視座から客観視できているのですね。著者の資質としてはレアで、それも森さんの特長ではないかと思います。お話を伺って、そう再認識できました。

森さんは極めて高い能力をお持ちですので、ほとんどの登場人物は森さんより劣る能力かもしれません。ですが、その人物たちの限定的な専門分野においては森さんを超えている、と考えることも可能です。また、森さんの別のシリーズでは、人類最高レベルの知性を持つ恐るべき天才が描かれることもあります。著者の能力以上の人物と能力以下の人物、あるいはシンプルに言い換えると、有能な人物と無能な人物では、どちらのほうが描きやすいでしょうか。特に差はないものでしょうか。

森　これは、ほとんど差がありません。それよりも、シリーズが進み、そのキャラクタに慣れてくると、多少は書きやすくなる、というだけです。想像する作業、決めなければならない判断が減るためです。しかし、さらにシリーズが進むと、逆に過去の作品に拘束され、その人物によって描けるものが限定されてくるので、しだいにまた書きにくくなります。

天才と愚かな人間の場合、書くことが難しいのは、むしろ愚かな人間の方ではないでしょうか。愚かさというのは、いろいろな方向性があって、どの方向かを決めないといけません。愚かさは、日常的であり、かつ突飛なものであり、洗練されていない分、創造が難しいといえます。それに比べると、天才的な能力を持っている人たちは、だいたい共通するものがあります。高いところへ上ると、みんながほぼ同じ頂上へ行き着くようなイメージです。

作者の能力と、描ける人物像は、さほど関係がないように感じます。たとえば、創出する能力がなくても、観察する能力があれば、実在する人物をモデルにして描くことができます。計算ずくで造形する人もいるし、感覚的に描いてしまう人もいます。描き方はさまざまありますから、自分の能力が使える方法を取れば良い、というだけではないでしょうか。

――ご指摘いただくと納得できますし、非常に深いお話だと思いました。たしかに、天才は先鋭化するぶん限定されるのに対して、愚かな人というのはヴァリエーションが無数にありますね。その難しさはありそうです。また、以前のインタビューでお話しになっていたことと通じますが、過去の作品によって書けることが限定される、というお話は、シリーズ作品が宿命的に抱えるハードルとして、とても考えさせられます。

話題は変わりますが、「スカイ・クロラ」シリーズに登場する名前のうち、ササクラ、サガラ、サンカという「Sで始まりaで終わる名前」と、クサナギ、カイ、カンナミという「Kで始まりiで終わる名前」がいくつも重なっている点が気になりました。別の例を出しますと、英訳させていただいた短編「僕は秋子に借りがある」のアキコと「河童」のアイコの類似も指摘できます。意識的ではないかもしれませんが、重なっているということは、著者の好みの響きか、あるいは、なにか思い入れのある響きではないかと推察いたします。なにか思い当たるフシはあるでしょうか。

森　特に意識はしていません。ただ、名前は、やはり音であり、響きです。文字ではなく、リズムやメロディに近いものですから、何度か実際に発音してみて、それを聞いた印象で決めています。名前に、特に思い入れはなく、重要な登場人物でも、すぐに名前を忘れてしまうので、旧作や、既に書いた前のページへ戻って確認することがしばしばです。僕は、だいたい人の名前を記憶しない人間なのです。

――発音して、音の印象で決められる、という点は興味深いです。森さんは音楽もお好きですが、やはり、人物名を決めるには音が影響しており、だからこそ、好みの音が人物名に反映されているのですね。

人物に関するお話として、最初に『スカイ・クロラ』を、次に『ナ・バ・テア』を読んだ時にだけ驚く仕掛けがあることは『ナ・バ・テア』の巻末インタビューでお話しさせていただきました。本作『フラッタ・リンツ・ライフ』では、episode 3 の葬儀場近くの駐車場で、主人公の乗る車を訪れる「子供」の正体を数ページだけ隠す、という趣向を用いられています。これは直後にタネ明かしされるわけですが、あえて「子供」と書いて正体を隠し、小さなサプライズを演出されたのは、森さんのミステリィのファンへのサービス精神もあったでしょうか。とお聞きしたのは、たとえ数ページだけとはいえ一貫して性別を示さず、あえて「子供」と描写し続けられたところに、森さんの明らかな意図が感じられたからです。その点において、英訳させていただいた某短編の仕掛けに近い趣向なのでは、と指摘させていただけるかもしれません。

森　読者に対して隠すということは、二次的な結果であって、本来は、作品の主人公の意識がそうさせます。つまり、主人公が、子供の性別に関心がない場合には、「子供」と書く方が適切だということです。そのうち、あるときにふと、女の子だとわかる、そこで性別を少し意識した、ということです。

『ナ・バ・テア』の場合も、本人が自分の性別を意識していない、というだけの表現で、ああなったのであって、トリックとか、読者を騙《だま》すつもりはありません。

　書き手は、それくらい主人公の目や心に同化している、ということだと思います。あくまでも、その本人にとって、素直で自然な表現を心がけています。認識した順番、認識した程度を、できるだけ自然に文章に表す、ということです。ときには、それが一般からは不自然に見えたとしても、常識的ではないように感じられたとしても、です。


――なるほど、その発想はありませんでした。主人公の意識に従っているからこその、あの描写だったのですね。お話を伺うと、執筆時の森さんは、本当にご自分の存在を消していらっしゃるのだな、ということが窺《うかが》えました。

　本書『フラッタ・リンツ・ライフ』では、この作品で初登場するサガラという女性が、非常に重要な役割を果たします。サガラの秘密が明らかにされると、第一長編『スカイ・クロラ』の冒頭、最初の段落で語られる女性はサガラのことだったのか、と想像することも可能になります。最初からそのような構想を、イメージとして、お持ちだったのでしょうか。あるいは、サガラという人物を出したあとに、『スカイ・クロラ』冒頭で描いた謎の女性に、結果的に近づける形となったのでしょうか。

森　どちらともいえます。そういった人物をイメージしていたことは最初から頭にありましたけれど、あるとき、書いているうちに、ああ、この人だったか、と作者も書きながら気づく、といった具合です。たまたま、再度語られた、という偶然かと。

——作者も書きながら気づく、というのは本当に深いお話で、創作者として、たいへん刺激に、そして勉強になります。と同時に、森さん独自の思考法、執筆法の秘密を少し垣間見《かいまみ》ることができたような気もします。

　本書のepisode 3で、「子供のときには、よく空を飛ぶ夢を見たものだけれど、この頃ではそんなことはほとんどない」という一文が出てきます。森さんは、今も空を飛ぶ夢を見られることはありますか。これをお聞きするのは、かつて、ある世界的な作家と心理学者の対談で「作家になる前は、空を飛ぶ夢を見ていた。だが、作家になったあとは、空を飛ぶ夢を見なくなった」と語られていたことを思い出したからです。ここまで「空」にこだわったシリーズを書かれた森さんは、今も空を飛ぶ夢を見られることはあるのだろうか、ということが気になりました。

森　飛行機を操縦して飛ぶ夢は見ますが、大人になると、スーパーマンのように飛ぶ夢は見なくなりました。そういう能力が不自然だ、ということがわかったからだと思います。今でも、毎日二つか三つの夢を見ますが、物理的、科学的にありえないような現象は、夢の中でも起こりません。非常に日常的な自然な夢ばかりを見ます。作家になったことで、夢の内容に変化はありませんね。つまり、さほど人生が変わったわけではない、ということだと思います。

――物理的、科学的にありえない夢は見ない、そして、作家になっても夢の内容に変化はない、という事実からも、森さんの思考の論理性と、作家活動に関係なく貫かれている、ぶれない人生の一貫性が感じられますね。

　森さんはデビュー以降ずっと、小説の文章の中に詩的な短文をスピーディに積み重ねるパートを挿入するテクニックを効果的に用いてこられました。この「スカイ・クロラ」シリーズでおなじみの空中戦の描写は、森さんのそうした詩的表現の延長線上にあるもの、との解釈もできるかもしれません。と同時に、それは飛行機の操縦に特化していますので、このシリーズだけに見られる、まさに独特な文章表現です。読者として、飛行機の操縦シーンは読んでいていつも非常にスリリングなのですが、「スカイ・クロラ」シリーズだけに見られるこの空中戦の文体について、森さんご自身は、どのようにお考えでしょうか。新しい表現を生み出せた、という達成感のようなものは、ありますか。

森　世の中に、どのような文章表現があるのかを研究したことはありませんから、これが新しい手法なのかどうか、僕にはわかりません。ただ、書いているときには、こんなことをしてみよう、これでも読者はついてきてくれるだろうか、というチャレンジはあります。退屈だから、少し冒険してみよう、といった感じに近いものです。日本語の文法にはありえない表現も試してみました（特に、不自然な活用など）。これは、新しいんじゃないかな、という気持ちは多少ありました。このあたりは、わかってもらえないだろうか、それとも誤植だと勘違いされるだろうか、という観測で行っている部分もあって、少なからず自己満足だといえます。

詩的な表現は、デビューした当時は、批判が多かったと思いますが、だいぶ経ってから、肯定する意見が増えてきたようです。読者の皆さんが慣れたのでしょう。でも、批判されても肯定されても、どちらでも僕にとっては同じです。読み手が、そこで目を留めて少し息をする、という時間コントロールが主目的なのです。

――空中戦の描写は、ご自身にとってもチャレンジだったのですね。日本語の文法にはありえない表現については、英訳させていただいたことで、気づいていました。実は、第一作の『スカイ・クロラ』の時に、アメリカの読者から「この文章は文法的におかしい。ひどい英訳だ」と指摘されたことがあります。それは、森さんの大胆な文章をそのまま忠実に英訳したものでした。その同じ読者が第二作『ナ・バ・テア』では

「素晴らしい英訳だ」と絶賛してくれていたので、継続することで意図が伝わりやすくなる面があるのだろうな、と感じました。

第一長編『スカイ・クロラ』でキルドレの誕生の経緯が話されたことはありましたが、今回、シリーズで初めてキルドレが変質する可能性についても言及されました。キルドレという概念は『スカイ・クロラ』以後も各巻に登場していますが、このようなキルドレが変質する可能性を思いつかれたのは本作執筆時だったのでしょうか。あるいは、『スカイ・クロラ』の時点で、ぼんやりと構想されていたのでしょうか。

森　本作を書いているときに、この人物だったら、こう思いつくだろう、と思ったので書きました。本当なのかどうかはわかりません。ここに登場するキャラクタの妄想である可能性も高い、といえます。

妄想する内容を書くためには、妄想しないといけませんし、そのキャラクタの妄想のし方に沿って妄想する必要があります。そういった行為の結果が、文章を書いているときのディテールになります。ずっとまえから、骨格はぼんやりと決まっていても、ディテールをあらかじめ構想しておくことはできないと考えています。現場に立たないと、彫れない細かい細工だということです。

――「ふつうの」という言葉は語弊があるかもしれないので「大多数の」著者にとって、一般的に作中で書かれていることの答えが見えている、答えを決めているケースが大半だと思います。森さんの独自性に感銘を受けるのは、作中に書かれていることに対して、著者の森さんご自身が「この人物の妄想かもしれません」と、不確実性を保っていらっしゃる点です。これは、著者のスタンスとして稀有で、だからこそ傑出している長所なのではないかと個人的に考えています。

シリーズ最終長編となる次作『クレィドゥ・ザ・スカイ』と、そのあとに続くシリーズ唯一の短編集『スカイ・イクリプス』の英訳を、先日ご許可いただきました。心から感謝申し上げます。映画版の完成が遅れていなければ、当初は長編五作で完結する予定だったと、『ナ・バ・テア』巻末インタビューでお話しいただきました。そうしますと、本作『フラッタ・リンツ・ライフ』を書き上げられた段階で、森さんは「あと一作で完結」と認識されていたことになります。当時、最終長編『クレィドゥ・ザ・スカイ』で過不足なく美しく完結するイメージを、明確に持たれていたでしょうか。あるいは、「もしかしたら、二作以上書くかもしれない」という予感はありましたでしょうか。

森　それはありませんでした。五作で終わる、あと一作書いたらもう書かなくて良いな、とずっと考えていました。短編を書いたのは、やはり映画化による需要を見込んでのこと（出版社が依頼してきたから）です。ある意味で、蛇足だったと思っています。ただ、本シリーズは、サービス精神の欠如から、大変わかりにくい部分がありますし、映画の影響でより多数の読者が手に取ることになった以上、そういった不備を補完するヒント的なものが必要かもしれない、つまり、参考書としての価値はあるのかな、と考えました。

実際には、蛇足だったとの評価は、あまり受けませんでした。作者にとっての感覚とは、そこが少しずれています。読者というのは、余計なことでも語って欲しい、と考えている人たちのようです。特にファンは、そうなのでは？

——そうした舞台裏の事情を伺うだけでも、とても刺激的です。「スカイ・クロラ」シリーズは、たしかに長編五作だけでも美しく完結しているのですが、たとえ映画化のキャンペーンの一環として書かれたものであっても、最後の短編集の存在で、さらにシリーズの深みが増しているのは間違いないと思います。

これから英語版で初めて読まれる世界中の読者には、最終長編『クレィドゥ・ザ・スカイ』とシリーズ唯一の短編集『スカイ・イクリプス』を、ぜひ楽しみにお待ちいただきたいと思います。海外読者からの反応も、今からとても楽しみです。

今回のご質問は以上です。「スカイ・クロラ」シリーズは、前回インタビューさせていただいた二〇一九年一月時点で二五か国でダウンロードされていましたが、二〇二〇年一月現在、このシリーズがダウンロードされている国は二九か国まで増えました。まだまだ「スカイ・クロラ」シリーズは世界各国で発見され始めている段階で、今後もあらゆる国境を越えて、全世界に拡散し続けることを予想しています。森さん、このように素晴らしいシリーズの英訳を許可してくださり、いつも本当にありがとうございます。来年の最終長編『クレイドゥ・ザ・スカイ』と再来年の短編集『スカイ・イクリプス』も、どうかよろしくお願い申し上げます。本日も、貴重なお話の数々を、ありがとうございました。

森　翻訳は大変な作業だと思います。当初は、まさかシリーズ全作を翻訳していただけるとは考えもしませんでした。

大変感謝しております。まだ少し残っていますが、どうかよろしくお願いいたします。

（二〇二〇年一月　Flutter Into Life (English Edition) by The BBB　巻末インタビュー

（せいりょういん・りゅうすい　作家／The BBB編集長）

フラッタ・リンツ・ライフ

Flutter into Life

〈単行本〉
中央公論新社
2006年6月25日刊

〈新書判〉
C★NOVELS
2007年5月25日刊

〈文庫〉
中公文庫
2007年11月25日刊

新装版刊行にあたり、巻末に著者インタビュー
「『フラッタ・リンツ・ライフ』について」を加えました。

本文デザイン
鈴木成一デザイン室

中公文庫

新装版《しんそうばん》

フラッタ・リンツ・ライフ

——Flutter into Life

2007年11月25日　初版発行
2022年11月25日　改版発行

著　者　森《もり》　博《ひろ》　嗣《し》

発行者　安部 順一

発行所　中央公論新社
〒100-8152　東京都千代田区大手町1-7-1
電話　販売 03-5299-1730　編集 03-5299-1890
URL https://www.chuko.co.jp/

ＤＴＰ　ハンズ・ミケ
印　刷　大日本印刷
製　本　大日本印刷

Published by CHUOKORON-SHINSHA, INC.
Printed in Japan　ISBN978-4-12-207286-2 C1193

中公文庫既刊より

各書目の下段の数字はISBNコードです。978-4-12が省略してあります。

も-25-15 新装版 スカイ・クロラ The Sky Crawlers 森　博　嗣

大人になれない僕たちは、戦闘機に乗り戦うことしかできないのだ——永遠の子供「キルドレ」が請け負う戦争。生死の意味を問う傑作シリーズ。〈解説〉鶴田謙二

207212-1

も-25-16 新装版 ナ・バ・テア None But Air 森　博　嗣

伝説の撃墜王は戦闘機乗りには珍しい大人の男。彼とともに出撃する喜びを覚えるキルドレのクサナギは……クサナギ・スイトの物語序章。〈解説〉吉本ばなな

207237-4

も-25-17 新装版 ダウン・ツ・ヘヴン Down to Heaven 森　博　嗣

女性でキルドレのエースパイロットという話題性から広報に使われ、鬱屈した日々を送るクサナギ。ショー化した戦争を生きる子供たちの物語〈解説〉室屋義秀

207264-0

も-25-14 イデアの影 The shadow of Ideas 森　博　嗣

主人と家政婦との三人で薔薇のパーゴラのある家で暮らす「彼女」。彼女の庭を訪れては去っていく男たち。知性と幻想が交錯する衝撃作。〈解説〉喜多喜久

206665-6

も-25-6 森博嗣の道具箱 TOOL BOX The Spirits of Tools 森　博　嗣

人がものを作るときの最も大きなハードルとは、それを作る決心をすることだ——小説執筆も物作りの一つと語る著者が、その発想の原点を綴る。〈解説〉平岡幸三

204974-1

お-65-9 これは王国のかぎ 荻原　規子

失恋し、泣き疲れて眠って目覚めたら、そこは——アラビアンナイトの世界に飛び込んだ中学生・上田ひろみ。不思議な力を持つ「魔神族」としての旅が始まる！

204811-9

お-65-1 西の善き魔女Ⅰ セラフィールドの少女 荻原　規子

舞踏会の日に渡された亡き母の首飾り。その青い宝石は少女を女王の後継争いのまっただ中へと放り込む。少女フィリエルの冒険が始まった。〈解説〉坂田靖子

204432-6